阅读之前 没有真相

午夜文库

黑贵妇

（日）西泽保彦 著
林国立 译

新 星 出 版 社 NEW STAR PRESS

目录

不请自来的死者

“喝完这杯我就回去了。”

高千，也就是高濑千帆低声说道。是房间里鬼哭狼嚎的冒牌摇滚背景乐太刺耳了吧，高千露出不耐烦的表情，心情肯定好不到哪里去。虽然知道她没有这个意思，但听到这句话时我还是觉得自己被轻轻地责备了一下。

不过，高千这么一说，我也总算可以卸下肩上的负担了。我其实不是很想参加这个派对，要不是看在瑠瑠的面子上，我和高千是不会来的。

“怎么样？有没有好好地在喝酒啊？”

忽然响起的这个声音的潜台词仿佛是“这里可不是你们女孩子说悄悄话的地方”。

装出一副老熟人的样子朝高千凑过去的就是今晚派对的主持人[①]有马真一了——不，他身上完全没有那种高贵感。在他身上既

①译者注：日语中的ホスト一词兼有“主持人”和“牛郎”的意思，这里小兔借用这个词的双关含义调侃有马真一。

找不到任何“待客之道”，也看不出这种身份的人特有的华丽感。总之，他是个轻薄之辈。所以，我从不叫他的本名有马，而是给他起了一个“油马”的绰号。虽说这完全是我自己的主意，不过“油马”在我看来简直是个爱称。

他给高千也留下了恶劣的印象，证据就是，她对凑过来的油马露出了一个满意的微笑。这样一来，不熟悉她的人很可能会误认为她不难接触，其实，摆出这副表情的她心情已经差到了极点。虽说还是新生的油马大概毫不知情，但我还是诚心希望他别在这种时候和高千套近乎了。不过，虽然总是干脆地回绝这一类的示好，但她并不是一个到处把人分三六九等的人。学长也好，学弟也罢，她只是不希望被男性以一种轻浮的姿态对待，尤其是初次见面的男性。

我的担心——说起来也没有严重到这种程度啦——完全没有传达到油马那里。看他的眼神就能知道，他已经迷失在一种“这个女人是我的囊中之物”式的陶醉之中。一般情况下，这种时候男人的眼神都既愚蠢又可怕。

因为是学校里盛传最难接近的美女，原本还以为有多难攻陷呢，没想到竟然易如反掌——他傲慢的表情已经把他心里的话都说了出来。

“我说你啊，”果然，油马毫不见外地把手放到高千的手上，“一直在等一个这样的机会吧？”

“机会？”要是在平时，高千早就用足以掰断手腕的力气把他的胳膊拧回去了，但因为没懂这句话的意思，她只是若无其事地把手抽了出来，“什么机会？”

“就是像现在这样，你自然平常的一面被别人接受的机会啊。或者应该说，你是在等待一个胸襟广阔的男人。我说得没错吧。”

男人这种误会之后的表现，几乎和我的想象一模一样，我甚至都已经给他们写好台词了。总之，他想表达的就是，传说中高千是如此的难以攻陷，甚至到了有流言说她是同性恋的地步。这难道不是因为高千没遇到一个对得上眼的男人吗？接着，他毫无根据地相信，这个配得上高千的男人正是自己。

当然，光笑笑是应付不了这种男人的。刚才我也说过，这种男人的误会既愚蠢又可怕。虽然经常有男人扯淡说如果自己得不到某个女人的话，就会干脆跟踪她、把她杀掉，让别人也得不到。但真的干得出这种事的男人恐怕也不是没有，这种人即使犯下命案恐怕也不会有什么罪恶感。虽说人是我杀的，但都是那个对我的“纯情”无动于衷的女人不好——他们会把责任都推到被害者身上。油马的自我陶醉，在我看来和这种可怕的误会是同一种东西。

所以我觉得，患上灰姑娘症候群的男人没准比女人还多。我才是你命中注定要遇上的那个人啦——证据就在眼前，油马继续着他那滔滔不绝的“演讲”。

“我明白的，我明白的。你是那种很容易被误会的人吧。其实你和那边那些女大学生并没有多少差别，但是因为长得太漂亮，所以常让人误以为你特别把自己当回事儿。同性眼红嫉妒，异性敬而远之。我明白的，嗯，我明白得很。你不是什么特殊的人，就是一个普普通通的女孩子嘛，但却因为周围人的误解和嫉妒，经常一个人孤零零的。”

我忽然发现，用不输给背景乐嘶吼声的声音聊着天的瑠瑠她们几个，也偷偷地观察起事态的发展了。虽然依旧装出正聊得兴起的样子，但她们明显更关注高千会对油马的这番演讲做何反应，情势紧张得让人直咽口水。

“我这个人啊，最讨厌戴着有色眼镜看人了。光是被外表迷惑，不是很蠢吗？”

说谎！——恐怕不只是我，这个房间里所有人的内心应该都是这么吐槽的吧。如果不是外表，那你这家伙到底看上了高千的哪一点呢？

即使是高千，恐怕也很久都没有遇到自我感觉好到这种地步的男人了吧。她换了换翘起的脚，苦笑一声。今晚的她真的是名副其实的“蛇蝎美人”，一双网袜怎么看都是恶趣味的表现。这种充满挑逗意味的装扮，或许会被认为是想故意讨好聚会上的男性，但对高千而言，这只不过是一句表达不想留在这个地方的潜台词罢了。

刚认识高千那会儿，这种有些暴露的着装和各种奇异的时尚穿搭正是她的特征。后来有一次匠仔分析过，正如毒虫以鲜艳的皮肤或外壳表明自己的危险性一样，高千用这些奇装异服表明着自己对社交的排斥。真是一语中的。

但是最近——以今年的寒假为分界线，高千的着装好像逐渐向一般人靠拢了。就连那些标志性的小短裙也几乎不再穿了。虽然她给出了“穿少了对身体不好”这样的理由，但我总觉得另有隐情。据我推测，她今年寒假回老家的时候大概发生了一件大事，这件事改变了她的心态。而且，她是带着匠仔一起回去的，所以一定是知道这一趟必定不会风平浪静。跨年的那几天，她若无其事地这样解释过：“我老家那边有一位烦人的刑警一直认为我是某个杀人事件的凶手，所以这次要把匠仔带上，让他会一会那个刑警。”

算了，虽然不知道具体的情况，但正因为这样，暂时收敛了一段时间的“高千风格”在今晚迎来了总爆发。此刻，高千那双丝毫不逊于超模的玉足沿着迷你裙的曲线向下延伸，此情此景，教男生们如何按捺得住。

“这……这种愚蠢的做法……”油马的目光自然也被引到了高千的脚上，一时发不出声，再开腔时连声调都变了，“就是说，你自己的体会应该是最深的吧。嗯，第一次见面的时候，就给你安上一个‘不近人情’之类的罪名，从此带着偏见躲在远处窥探，甚至直接欺侮你。这就是美女的宿命吧，人怕出名猪怕壮嘛。不过，如果是美女云集的大都会倒还另说，安槻这里怎么说都只是个乡下地方啊。”

油马说到最后一句话时，吵闹的背景音乐忽然中断。土生土长的本地人瑠瑠大概是听到了油马的评价，脸色为之一变。刚才也提到过，正是她把我和高千邀请到了今晚的聚会。虽说如此，但瑠瑠不需要负什么责任，一切的不愉快都是油马造成的。

此刻坐在她对面的是一位名叫朝比奈贵志的男生，他是瑠瑠社团里的学长。但他在年纪比自己小得多的油马面前却抬不起头来。现在是四月，新学期才刚开始，但朝比奈学长已经确定要到油马爸爸的公司就职了。虽然不知道两家人具体的从属关系，但我听到一个传言，说是朝比奈学长的爸爸最近带着他这个儿子另娶了油马家族里的一位女性。

算了，这些总归是别人家的事。总之，朝比奈学长无法违抗油马的命令，即便是临时把高千邀请到今晚的派对这样看上去不可能完成的任务，朝比奈学长也只好照办。据我观察，油马大概从入学的时候就盯上了校园里的名人高千。邀请到高千既是自己身份和地位的体现，如果时机合适，还可能和她私下建立联系。总之，这种想法本身并没有什么问题。想认识在自己看来魅力十足的人不仅是人之常情，甚至颇值得鼓励。不过，如果是这样的话，油马从一开始就不该差遣别人，而应该自己来邀请。

油马还说什么高千是为了要遇到一个能接受她自然一面的人才到这里来的，开什么玩笑？和高千没有任何交情的朝比奈学长在苦恼中想到了瑠瑠，于是瑠瑠找到了同乡的我，我又作为仅有的几个朋友之一向高千开了口。瑠瑠是看在朝比奈学长的分上，我是看在瑠瑠的分上，高千又是看在我的分上才接受了邀请。你是给别人增添了三重（还是四重）麻烦啊，油马。而且，如果是提前几天邀请也就算了，偏偏要等到今天傍晚才突然邀请别人参加几小时后的派对。今天可是星期五啊，提前确认别人是不是已经有别的安排难道不是常识吗？

虽然在瑠瑠提出请求之前，我和高千完全不知道新生有马真一这号人。但从在学校门前的咖啡店“I · L”和朝比奈学长碰头，接着被带到这间公寓的时候起，我们就已经产生了不祥的预感。不知道为什么，油马的房间明明在最顶层八层的角落里，朝比奈学长却让我和高千在七楼就下了电梯。我们正觉得奇怪的时候，朝比奈学长一脸抱歉地说：“有马交代过，如果一群人乱哄哄地从电梯涌过去，经过他隔壁房间的时候可能会惹上麻烦。”

电梯位于八〇二室和八〇三室之间，如果要从那里走到油马的房间八〇五室的话，就势必会经过与之相邻的八〇四室。那里住着一位接近中年的男性，时不时对经常呼朋唤友到家里聚会的油马发牢骚，所以聚会的时候，油马会尽量不让客人的举动招惹到他。我们对朝比奈学长的这个解释也是半懂不懂。所以说，不要办什么派对不就好了，或者至少不要把开始时间定到八点那么晚，白天开始聚不就好了？

总之，我们两个在七楼下了电梯之后，就从防火楼梯上了八楼。照明灯的电源好像没有接上，整个八楼的走廊一片昏暗，我的心情也被蒙上了一层阴影。于是，在与防火楼梯隔壁八〇五室的主人，也就是油马正式见面之前，他给我留下的印象就已经差到极点了。

“小兔。”高千的心情看来也和我差不多，进房间前，她凑到我的耳边，“看在你的面子上，我会待上一会儿，但是不会久留哦。希望你能体谅。”

对了，我的名字叫羽迫由起子，大家都叫我小兔。

“我知道啦。”不打算久留的可不只是高千你一个人啊。“不用看我的面子啦。待上一个小时，然后我们就随便找个什么借口开溜吧。”

“就这么说定了。”

然而，一看到出门迎客的不是房间的主人，刚才还在仔细盘算逃跑计划的高千脸色明显又变得难看了。出现在我们面前的是长谷川溪湖，和我们一样都是三年级的学生。不过，她是在我们按门铃之前把门打开的，所以，她大概不是来开门迎客的，而是碰巧要出门买点什么东西。

“哇，还真的来了啊。”看到高千的溪湖一脸感激。“初次见面！”说着她伸出手，热切地抓住了高千的手。虽说高千不是什么明星，但她狂热追星族的本质还是瞬间暴露无遗。我也就把她介绍给高千认识了。

"溪湖也来了啊。"

我随口一问，溪湖却登时一副吃到了芥末的表情，悄悄瞥了一眼朝比奈学长。看来她也是看在某个人的面子上才会参加这个派对的。

"不过，这下一点都不亏了。"溪湖马上恢复了状态，凑到我耳边，声音里透着兴奋，"能如此近距离地接触到高濑同学，真幸运。"

"咦？"眼看她就要领着我们进屋，我不禁感到奇怪，"溪湖，你刚刚不是想出门的吗？"

"啊？没有啊。是有马说好像有人来了，让我过来看一下。"

"可是，我们没有敲门，也没有按门铃……"

"那是因为，小兔你们的脚步声……"这句话的后半部分我没有听清楚。我们几个在房门口的对话，从这时起就因为音量骤然增高的背景音乐而无法继续下去了。

走进里面的会客厅时，公寓的主人油马正四仰八叉地躺卧在沙发上对着朝比奈学长发号施令："嗯，辛苦了。"他完全没有起身的意思，全身上下只有下巴在动。"都让大家在七楼下电梯，没经过旁边那个大叔的房间吧？嗯那就好，这样人就都到齐了吧？一个都没少吧？你确定？嗯，还是要等人齐才行啊。隔一会儿来几个人，把聚会搞得支离破碎的，我最讨厌这样了。嗯，确定人齐了是吧？"

"我改主意了。"高千举起了溪湖递给她的杯子，"喝完这杯我就回去了。"这也就是故事刚开场时的那一幕。

这个时候，高千的愤怒虽然还没有写在脸上，但用下巴差遣着朝比奈学长和溪湖的油马明显让她不快。站在她身边，我明显感觉到高千的怒气已经足以将油马撕碎了。她在学校里"讨厌男性"的风评也不是完全不对，恐怕世界上没有第二样东西比男性的傲慢更让她感到厌恶的了。

对此一无所知的油马毫无顾虑地过来搭讪，再加上高千乍一看心情很好似的对他嫣然一笑，他的误会想必又加深了一层。于是，他竟然不知死活地对高千动手动脚，在旁边看到这一幕的人心脏都快受不了了。对于和她交往颇久的我来说，她随意投向我的那一瞥的意思再明显不过了："我可能会引起一点小骚动，你先做好准备。"

根据油马刚才的表现，我想高千不会只是打他个耳光这么简单。我悄悄地走近高千，把玻璃杯这样容易摔碎的东西通通推到桌子的另一边。就在我收拾停当的时候，门铃响了。

"嗯？"油马转头看向朝比奈学长，"你不是说人都到齐了吗？"

"唔，应该是这样没错。"

"那刚才那声门铃是什么？"

"这个我也……"

一脸疑惑的朝比奈学长作势起身，油马却抢在他之前说："我去看看吧。"一副施恩图报的样子。拜托，这里本来就是你家吧？自己去开门本来就是天经地义的啊，真是的。

"不过说起来，这地方真是不错啊。"油马的身影从玄关附近消失后，我开始打量这个公寓，"油……我是说，有马是一个人住在这里吗？"

毕竟是带着智能锁的四居室，一点儿都不像是学生能负担得起的地方。

"好像是以他妈妈的名义买下来的。"

瑠瑠这样回答道。她本名木下瑠留，个子不高，适合戴眼镜，时常给人大户人家出身的感觉，在安槻大学的男性教授中间颇有人气。

后来我才知道，原来不只是高千，油马还吩咐朝比奈学长把学校里的美女通通邀请到自己家里，多多益善。比方说，栗色长发披肩的溪湖是大家闺秀型的女孩，也是学校里不少男同学憧憬的对象，怎么说呢，今天的聚会就像是安槻大学校花的评选现场。不过随高千附赠的我就另当别论了。

看到油马暂时离开，瑠瑠也是一副松了口气的表情。看来她也是看在朝比奈学长的面子上才会来参加这个派对的。不过，能近距离地看到高千好像也让她很兴奋，她偷瞥高千的眼神里微微带着羞涩。真是危机四伏啊。

看看刚才溪湖的反应大概就能明白，比起男生，高千也许更受女生的欢迎。不过，受到同性恋、厌男症这些风评的影响，男生们大多一开始就打算敬而远之了吧。正因如此，我时不时收到的都是些女生送来要求转交给高千的可疑信件和礼物。把我当成什么了，高千的经纪人吗？

"以他妈妈的名义？"我伸手从玻璃杯里夹出一根百奇巧克力棒放进嘴里，"也就是说，这里不是租下来的，而是？"

"嗯，买下来的，新年的时候。"

这个房子据说是为了庆祝油马通过安槻大学的推荐入学考试而购置的。油马这个月初才搬进来，还住了不到半个月。

"哎？就算儿子考上了外地的大学，也没必要特地买下这么豪华的房子吧？"

"他们家好像挺有钱的。"

"这话要是被房贷都只能将将还上的工薪族听见，可是要暴动的啊。"

"但好像也有家庭方面的考虑。"

"怎么说？"

"大概是为了家里人来安槻旅游时能有地方落脚吧？虽然我还没有亲眼看到，不过据说那里面还有专门给他妈妈准备的房间呢。"

"这……"溪湖露出厌恶的神色，这副表情和她偶遇喜欢缠着自己的男生时的表情如出一辙。"真恶心，他还是个妈宝啊？"

话音刚落，就传来一阵"哇啊啊啊啊"的人声。只看文字，大家估计会以为是某人在大笑，事实上这却是一连串惊慌失措的惊叫声。

"怎么了，怎么了啊？喂！"朝比奈学长问道，得到的回应依然只有一串大笑似的惨叫声。

"到底怎么了？"

一行人闻声来到玄关时，都被眼前的景象惊呆了。玄关的鞋柜附近横躺着一个留着长发的女孩，下半身伸出门外，这样一来，门也关不上了。虽然总觉得在哪里见过这张脸，但一时也想不起她是谁，因为此刻她的胸口插着一把刀。我的大脑一片空白，完全无法思考。

油马跌坐在房门口，双手沾满了血，更不时有血从他手上滴落。他从口袋里掏出手帕想擦去血污，但双手抖得太厉害，擦到的都是没沾血的地方。

"这……这是怎么回事？"

"我……我也不知道啊。"油马像是终于撑不住了，话音里带着哭腔，“我打开门后，她就这样，突然朝我倒过来了……”

“打电话。”一听到高千的指示，溪湖就飞奔到电话旁。“叫救护车，报警。”

高千走到倒在地上的女孩身旁，屈身蹲下。朝比奈学长一脸惊讶：“你、你干什么？”

这不是明摆着的吗，当然是看看她还有没有脉搏啊——这种事应该是常识吧。看来面对眼前这种情形，他没办法像高千一样迅速冷静下来。

“……太迟了。”

高千摇了摇头。人已经死了。虽然还没有经过专家的鉴定，不过她应该是被刀刺中了心脏，立即毙命的吧。

“请大家回到房间里。”这么说着，高千从鞋柜里拿出自己的鞋子，“不可以碰她哦。”

“等一下，高千。”我慌忙叫住就要出门的她，“外面可能还有……”

高千猜到了我要说的话，停了下来。根据现场的情况判断，被害人明显是刚刚遇刺的。也就是说，凶手有可能还在走廊。当然，凶手已经逃走的可能性更高，不过他也可能因为某个理由仍然待在走廊。

“这……这是谁啊？”油马依旧没有起身，他那自暴自弃式的叫喊声仿佛在宣称只有自己有说话的权利，“这家伙到底是谁啊？”

“樱……”朝比奈学长脸色发青地嘟囔道，“这不是樱井吗？”

包括打完电话回来的溪湖在内，大家的视线瞬间集中到朝比奈学长的身上。

“这个人的名字叫作樱井诗织。”

看来现场只有朝比奈学长认识被害人，即使听到这个名字，瑠瑠和溪湖她们也没有什么反应。

“总之，请大家先回到房里。”

“你呢？”朝比奈学长看向高千的眼神里隐约有几分惧色，“你要做什么？”

“保护现场。”

她冷淡的答复在朝比奈学长的脸上留下了一抹自卑的表情，他不再说话，只是默默地站在一旁。虽然实际上应该只有几分钟，但等待警察的时间还是显得特别漫长。油马像是被瑠瑠和溪湖从两边架着拉回了房里，一边走还一边发出“不要在别人家做这种事啊”之类的抱怨。时不时地，他会在句尾发出“哼哼”的声音，该不会是已经吓哭了吧？

警察总算到了，整个房子随即被封锁。想着喝完这一杯就回去的高千和我自然也走不成了。

“也就是说，”安槻警署一位姓野本的中年警官向油马发问，“门铃响后，你去开门，然后被害人就朝你倒了过去。对吗？”

“是……是这样的。”

“那个时候她已经被刺了吗？”

“我一开始没有发觉，伸手扶她的时候忽然觉得手上湿湿的，一看才发现沾了血。然后才看到了……插在她胸口上的刀……”

“你见到的就只有被害人一个人？当时有没有人和她在一起？”

“我也不知道……可能有吧，但我完全……”

“另外，你对被害人有印象吗？”

油马不耐烦地伸手指了指朝比奈学长。

“那个人姓樱井。”朝比奈学长的脸色更加难看了，声音也不住颤抖，“和我们是同一所大学的。”

“刚才你们说，今晚是在这里开派对对吧。所以，她也是来这里参加……”

“不、不是的。”

油马摇头否认，朝比奈学长近乎呻吟的声音却盖过了他。

“好像……好像是这么回事。”

“啊？”油马愣了一下，“这到底是怎么回事？”

“其实……”朝比奈学长的声音断断续续，其间夹杂着哭腔，“其实，是我完全把她给忘了。但我的确是邀请她了的。”

“你说什么？这种事我可不知道。连听都没听过。”

油马气得直跺脚。我突然很想插嘴，现在不是你在这里发脾气的时候吧？让朝比奈学长尽可能多地邀请女生的人本来就是你啊，瑠瑠也是这么说的。

“我也没想到樱井同学会来。因为我邀请她的时候，她说今晚已经有了别的安排，不能来参加派对了。所以我以为她是绝对不会来的……虽然我后来也说了让她如果有时间就过来露个面，顺便也把这里的地址告诉了她，但是我真的没想到她会来啊。所以，我后来已经完全把邀请过她的事给忘了。”

也许是认为自己的这个疏忽造成了樱井同学的死吧，朝比奈学长声音哽咽，自责地双手掩面。

“总之，”野本警官安慰似的拍了拍他的手，“根据现场的情况，她应该是在来到这个房间的途中就遭遇袭击的……”

“啊，啊，是这样啊。”油马突然叫唤着冲到野本警官和朝比奈学长之间，“没错，是那家伙。是那家伙干的。”

“你在说什么啊？”

“是住在隔壁的大叔啦。好像姓佐贺沼，是个很烦人的家伙。”

“隔壁的？”

“经常跑过来跟我抱怨些有的没的，我看他根本就是对年轻人有偏见，简直把我当成眼中钉了。”

“这个住在隔壁的人为什么要对她下手？”

“他今晚肯定又想过来以我们太吵了之类的理由抱怨几句的。为了让我们能安静一点，他还带上了刀子，好让自己显得更有威慑力。然后，在门口撞见她的时候，他就误以为她是我们的同伴，开始咋咋呼呼地抱怨，没想到她的态度很是强硬。大叔一怒之下，就用刀……”

“抱歉，打扰一下。”一位穿便服的年轻警官打断油马，伏在野本警官的耳边说了些什么。

“后来我们才知道，原来那时在隔壁八〇四室的房门周围发现了血迹。”

我向坐在旁边的漂撇学长这么解释道。事件发生一周后，我们几个在学校门前的咖啡店“I · L”聊起这件事。本名边见祐辅的漂撇学长端坐在吧台上，我和高千分别坐在他的两侧。称呼他为“学长”，是因为他大概和我们一样还是安槻大学的在籍学生，但是应该没有人清楚他到底在学校待了几年了。在留级和休学的交替之间，他成了这所大学的“牢名主”[1]。“漂撇”这个昵称大家想必也觉得很奇怪吧？不过这个说来话长，我们还是另找机会吧。

在吧台的另一侧围着圆筒围裙默默擦拭碗碟的是本名匠千晓的匠仔，他和我一样是安槻大学三年级的学生，现在在这家咖啡店打工。此刻已是晚上九点，本来已经到了打烊的时间，店里也没有其他客人了。多亏了匠仔，我们几个才得以吃到迟来的晚餐。

“也就是说，樱井同学是在那个姓佐贺沼的男人家门口遇刺的？”漂撇学长边用叉子叉起意大利面边说，“然后，她在濒死状态下移动到了旁边的八〇五室，用尽全力按下门铃……”

“也许是这样没错，不过刚才提到的血迹后来已经被证实和这起事件无关了哦。”

“啊？怎么回事？”

“因为那些血迹的血型和樱井同学的不一样啊。虽然还没有做进一步的DNA鉴定，但听说樱井同学的血型是O型，而走廊上血迹的血型则是B型。根据血迹的凝固情况，鉴识人员认为那些血迹在事件发生的几小时之前就已经存在了。警察也就此询问了住在八〇四室的佐贺沼先生，佐贺沼回答说可能是自己受伤的时候留下的血迹。”

“佐贺沼先生受伤了吗？”

“嗯，手指受伤了，就发生在同一天。他本人的说法是，星期五下午自己的手指被锋利的纸割到了，但却没留意到有血从手指滴落到了自家门前。不过单从发现血迹的地点来看，那大概就是佐贺沼

①译者注：江户时代狱中管理新囚的老囚犯。

先生的血迹吧，血型也对得上。”

“不管怎样，那摊血迹和这件案子是没关系的，对吧？”

“嗯，血迹本身是没有关系的。但还不能断定佐贺沼先生和这起案件没有关系。”

“不过，”匠仔把洗好的杯子摆进橱柜里，“因为隔壁太吵而生气得抄起一把刀上门抗议这件事说到底不过是那位有马同学的想象吧？”

“匠仔，称呼那种男人的时候能不加上‘同学’两个字吗？”高千的声音冷淡而严厉。“我知道这是你的习惯，但还是觉得很别扭。”

虽说高千对待男性的态度一直是冷冰冰的，但她对匠仔表现出的“冷淡”却有些特别。平时的高千总给人一种事不关己的感觉，唯独在面对匠仔时她才会主动地挑起话头。至少我的感觉是这样的，而且，就连表情里不愉快的含义也有所不同。

“啊，抱歉抱歉。”

匠仔慌忙道歉，接着走出吧台，迅速擦拭起店里的桌子。不只是他，我想我们几个都领教过被高千盯着看时的恐怖。但是……

“其实啊，”但是，平时表情冷漠得如同凝固一样的高千，也只有在匠仔面前才会露出这样毫不设防，甚至带有一丝撒娇的意味……带着这些和事件完全无关的杂念，我接着向学长说明事件的后续进展，“调查过程中，又发现了出人意料的情况。原来那个姓佐贺沼的男人一直处在公安①的监视之下。”

“公安？”学长双眼圆睁，像是对这个词的出现感到十分意外，

①译者注：日本政府的情报搜查人员。

“怎么回事？”

“这件事的具体情况，别说我了，就连小池也没能调查出来。”

顺带一提，小池和我们几个一样是安槐大学三年级的学生，擅长搜查那些不为人知的内线情报，他每次给出的反馈都详细得让人忍不住想问他到底使用了什么样的调查方法。有一种说法是，他的家族里有很多在社会各界都吃得开的三姑六婆，而且这些人无一例外的都是长舌妇。但真实情况如何至今仍旧是个谜。

“总之，佐贺沼被公安盯梢这一点是可以确定的。”

“唔，然后呢？这位负责盯梢的公安人员刚好看到佐贺沼刺杀樱井同学的一幕了？”

“那个负责盯梢的人在附近的民宅里用双筒望远镜监视，由于角度的关系，只能看到佐贺沼他们肩部以上的部位。周五晚上八点刚过，他确实看到一位可能是樱井同学的女性经过八〇四室，佐贺沼这时也确实出门了。虽说不能确定樱井同学这个时候有没有遇刺，不过他倒是看到佐贺沼叫住樱井同学，对她说了些什么。”

“佐贺沼和樱井同学搭话了？他们大概聊了多久？”

“没多久，不到一分钟吧。然后，佐贺沼回到房间，而樱井同学继续走向八〇五室。八〇五室的房门一开，就出现了刚才提到的那一幕。大概就是这么回事。”

“凶器方面有什么新的发现吗？”

“来源还不清楚，只知道是把军用的兰博刀，也没有在上面发现任何指纹。”

“这样啊。这么听下来，杀害樱井同学的凶手应该就是那个姓佐贺沼的男人吧——他本人是怎么说的？”

“他承认自己晚上八点左右确实走出过房间，叫住了从门前经过的女学生。我想，他之所以会在那个时候打开房门，或许是碰巧准备去隔壁的房间投诉吧。也有可能是在犹豫着要不要稍等一会儿再过去投诉时，刚好听到了门口的脚步声。”

“不过，他最多也只是听到了脚步声吧。为什么会根据这一点就断定来人肯定是要去隔壁房间的呢？”

“因为有马真一的房间在最顶层的角落啊。”

“啊，是这样啊。刚才好像说过的对吧。”

“正因为是走廊尽头的房间，所以经过他房门口的人的目的地肯定是八〇五室。他本人的说法是，他打开房门时看到走廊上有一位学生模样的女生，也就是樱井同学。一问才知道，她认识隔壁房间里开派对的人。他于是嘱咐樱井同学让大家都小点儿声。两人的对话到此为止，之后发生的事情他就不知道了。”

“警察又是怎么想的呢？”

“你是想问警察是怎么看佐贺沼先生的？好像正把他当成重要的嫌疑人呢，虽然具体的理由还不清楚，可他毕竟是被公安监视着的人啊。”

“这样啊。”

“但是，高千说她有不同的……”

“嚯。”学长擦掉嘴边的番茄酱，转身看向高千，“所以，你又是怎么想的？”

请允许我插一句嘴，除了漂撇学长之外，如果有人敢用这种语气和高千说话，恐怕早就出乱子了，那样的场景我想都不敢想。但是，不管高千再怎么生气，这个随时都能得意忘形的人就是改不掉这副德行，高千在这样的他面前也是毫无办法。从某种意义上说，学长也可以称得上是“伟大”的男人吧。对高千来说，可以称之为“朋友”的异性大概也就只有漂撇学长了。

“这不是明摆着的吗，凶手就是有马。”

“怎……怎么回事？”高千斩钉截铁的发言让学长有些错愕。

“樱井同学按门铃的时候，他自告奋勇地去开门，这个行为本身就很不自然。仔细想想吧，我和小兔到那里的时候，他可是摆起架子，让长谷川同学出来开的门。唯独那个时候，这家伙二话不说就起身开门了，这明显是有意的。”

“所以，他是在打开门看到她的时候，猛地拿刀刺上去的吗？”

“没错，那把刀估计就预先藏在鞋柜里。当然，这样一来被害人的血肯定会溅到他身上，他手上的血也就不是什么被害人倒在他身上时沾到的了。为了擦掉身上的血迹，也为了擦掉刀上的指纹，他当然也一早就准备好了手帕。”

“那佐贺沼先生呢？”

“我觉得他说的都是实话，他就是恰好打开门叫住樱井同学，嘱咐她让大家安静一点而已。”

“如果他说的都是实话，那有机会对樱井同学下手的就只有有马真一一个人了。但是，这样也说不通啊。如果朝比奈贵志的证言可信的话，有马应该不知道樱井同学会去参加派对吧？”

“没错，除了我之外，有马大概叫不出在场任何一个女孩的名字。他只是吩咐朝比奈尽可能多地邀请女孩到那里而已。”

漂撇学长看着刚好回到吧台的匠仔，露出了意味深长的微笑。他大概是想说，和高千套近乎的这个名叫有马的男生，看来还挺有影响力的嘛。

“事实上，连朝比奈贵志也忘记自己曾经邀请过樱井同学了，对吧？所以他也不可能事先告诉有马那晚的来客里有一位姓樱井的人啊。”

“嗯，没错。”

“那么，有马到底是怎么知道樱井同学会去参加派对的呢？而且，有马杀她的动机是什么？”

樱井是四年级的学生，和有马也不是一个地方的人。实在看不出两个人之间有什么共通点。

“大家都会往这个方向想，是吧？我一开始也怎么都搞不明白。不过，如果有马一开始的目标就不是樱井同学的话，那就说得通了。”

“啊？什么意思？”

“搞错了。有马杀错人了。”

“如果不是樱井同学，那他要杀的到底是谁呢？”

“还能是谁啊，当然是佐贺沼先生啦。”

“什……什么？”

“星期五下午，事件发生几小时前，佐贺沼在自己家门口弄伤了手指并留下了一摊血迹。我想有马就是看到了那些血迹，才想出了这次的计划。”

学长这下惊得完全合不拢嘴了。

“如果事情都照有马的计划进行，会怎么样呢？有马想到了利用佐贺沼的血迹犯案的计划，于是吩咐朝比奈学长邀请女生来家里开派对。他推测，开派对的时候家里一定会很吵，住在隔壁的佐贺沼先生就会像平时一样过来投诉。在佐贺沼先生按下门铃后，他就立刻开门一刀把对方捅死。”

“等等。他难不成是想把现场伪装成佐贺沼在别的什么地方遇刺后，来到八〇五室求助的样子吗？”

“没错，就是这样。”

“但是，这样的伪装只有在被害人被杀害的前提下才能成立吧。如果佐贺沼先生说出凶手身份的话，那有马就百口莫辩了。如果不能一击致命的话，那可怎么办？比方说，如果在下手的时候和佐贺沼纠缠在一起，引起骚动的话……”

“有马大概相当有信心吧。也许，他已经暗地里做过不少用刀行刺的练习了。”

“喂喂。你刚才不是还说有马是在事件发生的几小时前才想到这个计划的吗？他是在什么时候进行所谓的行刺练习的啊？”

“我想他大概从很久以前就开始练习了。不过，一开始大概只是为了泄愤。有马平时大概就很擅长把弄刀这一类的东西。他刺过去的那一刀不就让樱井同学立刻毙命了吗？”

“如果有马使刀的技艺真的那么纯熟的话，那当他打开门，看到门口站的不是佐贺沼，而是一个不认识的女生的时候，就应该马上停下来才对啊。”

“他是顺势刺上去的，想停下来的时候已经来不及了。因为有马在开门之前就认定按门铃的一定是佐贺沼先生，手里握着的刀也已经跃跃欲试了。”

“唔。”学长抱着胳膊，像是觉得高千的说法也不是完全没有道理，“你接着说。”

“他一开始计划在刺杀佐贺沼之后跑回房间向我们求助，谎称佐贺沼是在被某个人袭击之后过来求助的，以此造成现场的混乱。他大概期待我们和警察都能得出佐贺沼是在八〇四室遇刺的结论。”

“也就是说，”学长展现出了他敏锐的观察力，“刚才提到的佐贺沼的血迹会成为这种说法的证据，对吧？”

“没错。按照这个思路。有马吩咐朝比奈学长让我们在七楼下电梯，再从防火楼梯上八楼的用意也就清楚了。如果坐电梯到八楼的话，那么我们在走到有马房间的时候一定会先经过隔壁的八〇四室。这样一来，我、小兔、朝比奈学长或者其他客人就有可能察觉到八〇四室的门口已经有一摊血迹。有马的伏笔也就失败了。”

“所以，在你和小兔之前到达的女生们也……”

“嗯，我和长谷川同学她们确认过了。她们也事先被交代要在七楼下电梯，再从楼梯走到八楼。连经过八〇四室会惹麻烦这个理由也完全一样。当然了，这也是有马的嘱咐，就不用我再强调到底有多牵强了吧。”

“也是，连经过隔壁人家门口这种小事都要担心的人，又怎么会在家里播着那么吵的音乐，再召集一帮人开派对呢？”

“走廊照明灯的电源也没有接上。现在想想，那个原来也是……”

“为了把走廊弄得暗一些，他也是花了不少心思啊。”

“嗯。他大概觉得客人里可能有谁会在走进八〇五室的时候一时兴起，瞥一眼八〇四室的门口吧。”

“这一点我明白。不过，事件发生几个小时前那摊血迹就已经存在了吧。即使被刺杀的人是佐贺沼先生，被刀刺中后流出的血和之前那摊血迹的凝固程度应该完全不同啊。警方只要对此进行一番细致的调查，伪装总会被揭穿的吧。”

“DNA 鉴定的结果会显示这两部分的血迹都属于佐贺沼先生，凝固程度这种小事总归不会被重视的吧。”

“喂喂，你这也太小看警方的搜查能力了。”

“小看警方的不是我，而是有马。如果警方先入为主地认为那是凶案发生时的血迹的话，那么几个小时的误差也不是什么大不了的事，我想，他就是抱有这样幼稚而不切实际的期待。”

“听你的描述，那家伙应该是挺幼稚的，就算有这种想法也不足为奇啦……”

“而且，还有其他证据能证明佐贺沼先生不是凶手。如果刺杀樱井同学的人是佐贺沼先生，那走廊上为什么没有留下樱井同学的血迹呢？这不是很奇怪吗？但实际上，走廊上的确没有留下樱井同学的血迹。八〇四室房门的周围，也只有刚才提到的佐贺沼先生自己的血迹而已。”

“不过，作为凶器的刀也可能在刺入樱井同学的身体后起到了塞子的作用哦。算了，这一点就不深究了。刺杀樱井同学的不是佐贺沼先生，而是有马，这一点我基本认同。只是……”

“我知道你要说什么。”高千接过匠仔从吧台里面递过来的咖啡，一饮而尽，“动机的问题，对吧？”

“没错。有马到底为什么想要杀掉佐贺沼呢？如果平时大吵大闹的是佐贺沼，屡次抗议无效的是有马的话，动机方面好像还能说得通。还是说，整件事和噪音没有一点关系，而是有马对佐贺沼先生抱有什么成见？”

“刚才小兔说过，有马是四月份才搬到安槻的，和佐贺沼先生既不是同乡，也不是同辈。虽然不太清楚警方的调查有什么进展，不过我觉得大概找不到他们两个之间的共通点。即使有什么发现，大概也不会超出日常生活的范畴。根据经常出入有马家的朝比奈学长的证词，我能想到的大概就只有噪音问题了。”

“唔，那就没辙了啊。除非去问有马本人，不然真的搞不懂他的动机。”

“哎，小漂。”把“漂撇学长”简化为“小漂”，我们之中只有高千一人这样称呼学长。“这么快就认输了啊。”

“我这不是没办法嘛，线索不够。”

“匠仔呢？你怎么想？”

“嗯？”正在擦盘子的匠仔突然被搭话，显得有些困惑。“嗯，我也觉得学长说得没错。只能去问他本人了吧？”

“但是，现在有马并不是事件的嫌疑人哦，这要怎么问？”

“警察也不是吃素的。随着调查的深入，总会有发现有马同学，啊不，我是说，总会发现有马身上的疑点的。”

“其实，我一点也不关心警察调查到了哪里。”高千盯着匠仔，声音里莫名地带有一丝恐吓的意味，“我想知道的是你的想法。”

“唔。那个，我是想说……”表情困窘地转过身来向我和学长求助的匠仔看起来就像硬憋着不去洗手间的人一样，不过，看到我和学长都无意伸出援手，他也就摆出一副认命的样子。“都只是些不负责任的想象而已哦。”

“你以为我们现在在干吗？不就是把各自不负责任的想象放在一起讨论吗？”

喂喂，别发那么大火嘛。高千这么冷淡，让人不禁同情起匠仔来了。难道说这些都是我造成的？因为总觉得他们两个什么时候会变成让人羡慕的一对，平时就不小心多说了两句俏皮话。现在想想，大概就是在我说完之后吧，高千才莫名其妙地开始为难匠仔。

“大概……”匠仔挠着头发，“是计划的问题吧。”

“计划？”

“根据你们的描述，我想有马大概是那种以自我为中心，绝不允许自己对事物的设想落空的人吧？是这样的吗？”

“嗯，确实是这样的。”

“试想一下，这种性格的他好不容易逃脱了父母的控制，准备享受悠闲的大学生活。谁知在这个时候，突然杀出一个人，扰乱了他为自己定好的计划，这个人就是住在隔壁整天啰啰唆唆抱怨个没完的男人。对于有马来说，照着自己制定好的计划过上新生活是一件非常重要的事，邀请朋友到家里热热闹闹地开派对自然也是这个计划中重要的一项。如果计划不能顺利执行，他的大学生活就没有乐趣可言。但是，这个住在旁边的男人却总是让他安静，总是扰乱他的计划。再也没有什么比这更给人添堵的了。这种家伙，一定要尽快‘铲除’，不然好不容易开始的新生活，以及接下来漫长的四年，就一点乐趣也没有了。”

“喂喂喂。”漂撇学长仍旧一脸惊讶，“所以，一般情况下……会因为这个就把人杀掉吗？”

“只要自己的犯案手法不被看穿，他就能毫无心理负担地下手。”

哪怕是在历史上那些生命不受尊重的时代里，真的有人麻木不仁到这种程度吗？我不愿意再想下去。更何况，这样的人和我就在同一个大学里上学。

“所以说，这都是只些不负责任的想象啦。”

“我同意。”高千语气淡然，和她发言的内容形成了鲜明的对比，“和其他解释相比，我更同意这种说法。”

“等一下。”匠仔突然嘟囔了一声。

“什么？”

“没什么，不是什么重要的事。只是突然觉得哪里不太对劲。”

“什么啊，你说嘛。”

“杀害樱井同学的人是有马，而有马本来要杀的人是佐贺沼先生，不小心误杀了樱井同学。这个推理应该没错。但是，樱井同学为什么会坐电梯到八楼呢？”

我们三个面面相觑。看来不只是我，高千和学长也不明白匠仔的意思。

“什么意思？”高千作为我们三个的代表发问，“樱井同学搭电梯？她当然会搭电梯啦，毕竟是八楼啊。”

“但是，高千和小兔，还有你们刚才提到的另外两位女生，都提前被朝比奈学长告知搭电梯到七楼，再从防火楼梯上八楼。这都是有马的指示，那么，樱井同学不是也应该通过朝比奈学长得到同样的指示吗？”

“也许是樱井同学忘了，也有可能是朝比奈学长忘了说，毕竟樱井同学也说了她应该没有空去参加派对。”

“因为和有马是那样的从属关系，所以只要有马发了话，我想朝比奈学长应该不至于忘记。樱井同学也不是那种大大咧咧的性格，既然朝比奈学长和她熟络到能直接邀请她参加派对，我想她也不至于忘记朋友那么严肃的嘱托。”

“你到底想说什么啊？”

“但是，樱井同学却搭电梯上了八楼，经过了佐贺沼先生的房间。这个结果只能说明，朝比奈学长嘱托了其他所有人，却唯独没有嘱托樱井同学。”

“为什么……”

“如果让樱井同学走楼梯的话，会有麻烦。”

“为什么？会有什么麻烦？”

“如果让她走楼梯的话，有马就会知道来人不是佐贺沼先生了。”

“匠仔……你在说什么啊？”

“不过，我觉得有马的计划从头到尾都只是他一个人的计划。他也许到现在都没有想过朝比奈贵志会把自己的计划看穿。但是实际上，朝比奈贵志确实看穿了这个计划。平时就经常出入有马房间的朝比奈，从一开始就觉得八〇四室门口的血迹、有马唐突的派对计划和搭电梯到七楼的指示有猫腻，并最终猜到了有马的意图。也有可能是他碰巧看到了藏在鞋柜里的凶器。总之，了解有马性格的他，应该不难得出这样的结论：有马认为只要杀死佐贺沼先生，就可以继续享受自己的新生活。于是，朝比奈悄悄地利用了有马的计划。樱井同学以另有安排为由婉拒这件事恐怕是他编出来的。当然，他告知樱井同学的聚会时间比其他人都要晚一点。”

“也就是说，他事先知道有马最后会误杀樱井同学？”

“动机我就不清楚了，对他来说，樱井同学大概是个必须甩掉的累赘吧。不过这样一来，他几乎可以实现完美犯罪，高千、小兔还有其他和他待在一起的女生都可以为他做证。”

“等等，当时在房间里的有马，怎么知道樱井同学是从防火楼梯那边走过来的，还是从电梯那边走过来的？”

“是声音。”

“声音？”

“刚才不是说过了吗？出门迎接高千和小兔的长谷川同学并没有听到门铃声。也就是说，走防火楼梯时，上上下下的脚步声会透过墙壁传到最角落的房间里，而且这个声音还不小，即便音乐如此嘈杂，房间里的人还是能听到。住在那里的有马和经常出入那里的朝比奈学长自然知道这一点。所以，如果没有听到脚步声，而是直接听到门铃声，那么来人一定是从八〇四室的方向过来的佐贺沼先生。有马就是这样区别来人的身份的——前提是，朝比奈学长让所有的客人都搭电梯到七楼，再从防火楼梯走到八〇五室。”

黑贵妇

“也就是说，”漂撇学长的男中音中夹杂着短促的笑声，像极了动漫里看到主人公中计时的邪恶组织头目，“凶手就在你们三个之中，这就是我的结论。”

漂撇学长猛地伸出手臂，像是要摆出手指虚空这个推理时常用的姿势。但他伸出的手里还拿着喝剩一半的啤酒。与其说他是在指认凶手，不如说他是在邀请我们干杯。

“凶手？”

高千皱了皱眉，一脸疑惑地看向一旁的匠仔。她并拢长裙下的双膝，晃了晃手上的玻璃酒杯，杯中的冰块随即碰撞发出响声。她的眼神仿佛在无声地发出责问：“这到底唱的是哪一出？”

匠仔仿佛感受到了高千眼神中的怒火，一边慌忙把头轻轻地转向一旁，一边扭动身体，稍稍拉开和高千座位间的距离。他这副样子就好像在说：“我不知道，什么都不知道。你先别把火发在我身上啊。”

“我说，学长，三个人的话……”我当然知道在场的总共只有四个人，但还是仪式化地轮流指向自己、高千和匠仔，“难道是指我们几个吗？”

“没有什么难道，就是指小兔你们几个啦。”

顺带一提，我叫羽迫由起子，大家都叫我小兔。

“凶手就在你们三个之中。那么，究竟是谁呢？高千吗，还是小兔，还是你呢，匠仔？哈哈，我会找到证据的。快快从实招来吧。”

学长一口喝掉剩下的半杯啤酒，挥舞着手中的啤酒杯，每说一句话都满口飞沫，整张脸已经几乎和他卷在头上的头巾一样红了，布满胡楂的嘴因为大笑而咧成了一弯新月。不仅如此，他还说出“凶手”这样一听就知道是酒过三巡后开玩笑的话。不过我们三个已经不打算再去回应正在兴头上的学长了，只是带着几分疑惑看向彼此。

这是某个星期六的晚上，我们三个都来到本名边见祐辅的漂撇学长家里喝酒。学长的房子是两层共三室一厅的独栋建筑，但由于房龄较长、多处失修，所以房租还不到一般学生公寓的一半。虽说租着这么一个大房子，但学长并不是有家室的人，他和我们一样只是普通的学生。不，我曾经听过一个没有得到任何人确认的传言，说漂撇学长已经有八次留级或休学的经历了。虽然这样的学长已经不太能称得上“普通”了，但无论如何，他（大概）和我们几个一样是安槻大学的在籍学生。

虽说房租便宜得惊人，但漂撇学长之所以特意租下这样一套房子，说到底还是为了自己的“兴趣”。学长喜欢把自己在大学里的朋友都叫到家里，喝酒聊天，尽情喧闹。于是，学长家渐渐变成了学生们的集会场所，经常有人在此留宿。大伙见面的日子也不仅限于周末，说是每天都聚到这里喝酒也不为过。

只是，今晚的聚会和最初的计划相比发生了一点变化。我们本来约好在大学门口匠仔打工的咖啡店“I · L”集合，再一起前往我们经常去的一间叫作“三瓶”的店。但是傍晚五点的时候，像是忽然想起什么似的，漂撇学长突然提议道：“原计划取消，今晚到我家喝吧。”

虽说喝到第二轮的时候，大家也常会移师到漂撇学长家继续喝到天亮，所以一开始在哪里喝都没什么所谓，但我还是觉得有些不可思议。“三瓶”有一样没有写到店里菜单上的特别料理——每天只供应三份的鲭鱼寿司。光是提到“鲭鱼寿司”这个名字就会让人口水直流，因为每天只供应三份，所以不是每次去都能吃到。我们几乎每次都在下午五点“三瓶”开门时就杀到店里，因为先到先得嘛。“三瓶”虽说接受预约，但老板娘好像遵守着什么原则似的，唯独不接受鲭鱼寿司的预约。也许，她是认为不到店里就不知道能不能吃上鲭鱼寿司的不确定性，会让成功吃到鲭鱼寿司的客人觉得更加美味吧？当然这只是我自己的猜想。

总之，正是因为这道美味，准备和往常一样在开店时间杀到“三瓶”的我早已把肚子调成了“鲭鱼寿司”模式，当知道学长突然把集合地点改到家里的时候，我不禁想要发发小孩子脾气，大声质问几句为什么，大喊几声“这可不行”，真是气死了。其实改地点正是这次事件的伏线，不过也不是多大的事，所以请别抱太大的期待。但是，学长每次都会强行忽视我的抗议。匠仔，也就是匠千晓，则是每次都会说出“只要能喝酒去哪里都无所谓”之类的话，虽然我也知道他不是那种有什么讲究的人，但是在这种事上，他一次也没有帮过腔。

这一天，高千，也就是高濑千帆，因为什么事情耽搁了时间，在碰头的时候没有出现。这样一来，从“I · L”出发前往“三瓶”的高千一旦发现我们都不在，不是会很困惑吗？不死心的我虽然提出了这样的主张，还是没能改变学长的决定。

学长的解释是：“在哪家店都没发现我们的话，高千自然就会来我这里的啦。”确实如此，刚才也说过了，我们几个喝着喝着最后总会来到学长家里，一直在四人组里的高千自然也深知这一点，当然也就不至于感到困惑。其实，在我们三个集合整两小时后，走进学长房子的高千脸上确实没有一点困惑的神情。

虽说向来如此，但高千一出现，现场的气氛马上就发生了微妙的变化。该怎么说呢，像是一种清晰的紧张感。美女分为很多种类型，要我说的话，站在男性的视角上看，大概可以分为魅惑勾人的，病娇慵懒的，以及态度冷淡、只在条件合适的时候才愿意拉近别人和自己之间的距离这几种。但高千不一样，她身上有一种高贵感，让待在她身边的人心情愉悦。至少我就被她的这种气质吸引了，而且在大学里，因为同样的原因被高千吸引的女生不在少数。

但是，在一般的男生看来，她这种孤高的气质其实是个很麻烦的东西。他们把“‘容器’是完美的，但‘内容物’却让人沮丧”这种高千给他们的感觉翻译成了“难以接近”“不讨喜”这样便于自己理解的词汇，好让自己觉得安心。怎么说呢，在漂撇学长和匠仔出现之前，高千应该完全没有期待过会出现理解她的男生吧。

虽说迟到了，但我们这群人反正也是要一边聊些有的没的一边喝到第二天早上的。所以高千迟到的两小时基本可以忽略不计，事实上也没有人特别介意。但不知什么时候，高千已经熟门熟路地走进学长家，快步走到冰箱处取出冰块，调好酒，对号入座似的在空着的垫子上坐了下来。

“到底怎么了啊？今天不是说好在‘三瓶’喝的吗？”

听到高千这么问，学长一副有口难言的样子，突然说起了奇怪的话，也就是我一开始提到的那几句话。详细说明的话，是这么回事：

除了多人聚会时会去远一点的地方之外，我们几个聚会喝酒时总是会到大学附近的店里。经常去的两家店是“三瓶”和“花茶屋”。这两家店是步行距离十分钟的姐妹店。两家店各有自己固定的厨师，老板娘则经常来往于两店之间，女店员们也会在客人多的时候互相到对方的店里帮忙。

刚才提到的鲭鱼寿司就是这位老板娘创制的独家料理，据说老板娘有一个用醋浸泡食材的秘方，概不外传。因为老板娘是独自一人制作这道料理，需要花费大量的时间，所以即便再努力，每天也只能供应六份鲭鱼寿司。这样一来，每家店每天只能分到三份，自然也就没有了写到菜单上的必要。所以说，它只是少数顾客私下津津乐道的美味。即便这两家店就开在大学的附近，一般的学生对鲭鱼寿司的存在可谓是一无所知。

我们几个之所以会知道鲭鱼寿司，说到底还是托了漂撇学长和匠仔的福。老板娘不知出于什么理由特别照顾他们两个。要我说，大概是因为他们身上那种与学生这个身份不符的达观气质吧。希望聚会和酒席能无休止地继续下去，在席间特别容易得意忘形的学长和看上去不食人间烟火，仿佛得道仙人一样的匠仔。这对组合乍一看完全不搭调，但他们两个人的共同点就是，无论何时何地都能坚持自己的风格。也可以说，他们是不循常理，执着地把自己和他人的界限划得清清楚楚的两个人。说了这么多抽象的话，真是抱歉。但有一点我是确信无疑的，那就是，如果没有这两个人的话，我就不可能和高千成为朋友了。

学校里的人似乎都认为高千和羽迫由起子——也就是我本人——是非常要好的朋友。事情却不是大家所想的那样。高千真正意义上的密友应该是漂撇学长和匠仔。我只是因为和他们两个有交情，才被赐予了和高千交朋友这个莫大的恩惠，也才有机会品尝到鲭鱼寿司……好像不管说什么最后话题都会回到鲭鱼寿司上，其实，这次事件的主角正是鲭鱼寿司。

我们几个去“三瓶”或者“花茶屋”喝酒的频率大概是每周一到两次。虽说几乎每晚都会在一起喝酒，但因为大家都是学生，囊中毕竟羞涩，所以多是到学长家里聚会。而且，反正是到外面喝酒，安槻大学的学生更愿意多走两步到市区去，所以除了我们之外，大概也没有其他的常客了。

问题就出在常客上面。最近，漂撇前辈特别关注店里的一位女客人。这位客人大约三十多岁，总是戴一顶白帽子，每次都一个人坐在吧台，给人一种清新感。说起来，我也看到过这位女客人好几回了。学长倒好，就因为女客人的那顶白帽子和以白色为基调的着装，硬是暗自给人家取了一个“白贵妇”的绰号。哈哈哈，真是好笑。

“白贵妇”总是在五点开店时就准时到店，最迟也不会超过五点半，这时往往还没有什么客人。她每次都会点鲭鱼寿司，配上一杯热茶，只花大概十分钟便用餐完毕，随即离开。

接下来就是问题所在了。不知不觉间，最近漂撇前辈留意到自己每次到店里时都会碰上这位“白贵妇”。不管去的是“三瓶”还是“花茶屋”，“白贵妇”准会出现。刚开始学长只当是单纯的偶遇，但仔细想想马上就觉得奇怪了。

“你们想想看，我们是去‘三瓶’还是‘花茶屋’完全取决于当天的心情，没错吧？还有，具体什么时间去也是根据当时的形势决定的，跟工作日还是周末也一点关系都没有。但是，为什么我们每次去都会看到她坐在吧台啊？你们不觉得奇怪吗？”

也就是说，如果我们几个平常只是去“三瓶”或者“花茶屋”之中的某一家店的话，每次都遇见“白贵妇”还有可能只是纯粹的巧合。但是，我们几乎从来没有提前规划好要去哪一家店，甚至连决定去喝酒这件事都是根据情势而定，就是这样，我们还是每次都能遇见“白贵妇”，这就肯定不能用巧合这样的理由对付过去了。漂撇学长的观点大概就是这样。

“也就是说，她肯定是提前知道了我们的行动，除此之外没有别的可能。那么她为什么会提前知道我们的行动呢，那是因为，你们三个之中有人秘密地向她通风报信。”

“通风报信啊，”伸着腿的高千耸了耸肩，“简直和间谍一样。”

“正是如此，就是间谍。总之，我们之中有人每次都把我们的目的地告诉了她。不然的话，我们不可能那么巧每次都在店里遇到她。”

“真的每次都遇到了吗？总有哪一次是没有碰到那个人的吧？”

“不，没有例外，一次都没有。”学长颇有自信地断言，“确实一次也没有，所以才觉得奇怪嘛。”

“不过，我们去那家店喝酒的时候……”我的嘴边好像粘上了什么东西，高千轻轻用手指把它弹走。“也不只是小兔和我们几个吧。”

别的店暂且不论，“三瓶”和“花茶屋”对于我们来说简直是秘密俱乐部。如果被人知道我们这群人的目的不过是鲭鱼寿司的话，恐怕是要被笑话的吧。但是，为了不打乱人员的构成，我们还是只会邀请口风严密、值得信赖的友人一同前往。老板娘的原则是，不管同时来了多少人，一桌客人只能点一份鲭鱼寿司。所以，如果太多人一块儿去的话，那我吃上鲭鱼寿司的机会就要大大减少了。

“嗯，是这样的吧。让我想想。”我一边掰手指，一边翻身仰躺在高千的膝上，“葛野去过，小池也去过。溪湖还有瑠瑠都去过……”

“啊，还有白井教授。”高千一边轻抚我的头发一边说道，“他有时也会来。”

“看吧，只要稍微数一数，就会发现我们的朋友还是挺多的。”

“溪湖和瑠瑠啊……”

学长慢慢朝高千凑过身去，像是想模仿我的姿势躺到高千的膝上，可刚一弯下腰来，就被高千无情地一脚踢开了。但是，一边喊痛一边揉着自己屁股坐回原位的前辈还是一副很开心的样子。

“瑠瑠她们……好疼……另当别论啦。她们都没有嫌疑。因为她们是从新学期才开始参加我们的聚会的。”

昵称“溪湖”的长谷川溪湖和昵称“瑠瑠”的木下瑠留都和我们一样被卷入了今年早春的某起新生杀人事件，当时我们大家一起去录了口供。溪湖和瑠瑠似乎从很早之前就仰慕高千，所以比起被卷入杀人事件的恐惧，她们单纯感受到的是能够接近高千的喜悦。从那时起，她们两个就时不时地参加我们的聚会。

“我们第一次见到‘白贵妇’是在今年的一月。”

那是在我、匠仔和高千还是二年级学生的时候。现在是七月，也就是说，从跨学期的大约半年前开始，我们频繁地遇到“白贵妇”。学长这么说道。

“所以，溪湖和瑠瑠都不可能是凶手。更不用说可能连续十次聚会都不露面的白井教授了。不管怎么说，因为人家的名字里有个‘白’字，就把人家……”

“知道了知道了，不用再往下说了。”高千冷淡地打断了一脸窃喜地想要开始讲冷笑话的学长，“那小池呢？”

“虽说来的次数比教授多，但总体上说出勤率还是不高。离拿全勤奖还远着呢。”

“还全勤奖呢，又出现了奇怪的概念。”

“但意思你是明白的吧。最经常露面的人，第一名是匠仔。”

其实无须再次说明，我还真没怎么见到过漂撇学长和匠仔待在一起却不喝酒的场面。

“接下来是高千和小兔。根据记录，你们三个可以被归到全勤奖组。”

“记录……是什么？”

这下，就连高千也有些惊讶了。学长则一脸得意地拿出一本手账。原来学长从开始留意到“白贵妇”时起就一直在记录“三瓶”和“花茶屋”聚会的出席情况。不只是粗略地清点，还得全部记下来才行。我也颇有些感慨地看向记录表上最新的一栏，也就是今天的情况。严格地说，我们今天并没有去过两家店中的任何一家，但我和匠仔的名字还是被记录在案。刚才在“I · L”的时候，我就隐约觉得学长拿笔在偷偷写着什么。迟到的高千则是榜上无名。

写有名字的那一栏的日期都被圈上了心形符号。高千指着这些符号问：“这是什么？”

“这还用说吗，当然是遇到她的标记啊。如果有哪一天‘白贵妇’没有出现，那说明可能真的是我想多了。但是，记录开始的时间是二月，看吧，就像上面标记的一样，我们去‘三瓶’或者‘花茶屋’聚会的日子，无一例外都被画上了心形符号。”

“等等，别擅自给我发什么全勤奖啊。你看这里。”

我们看向高千指着的地方，上面显示当天出席的成员有匠仔、小池、葛野、我，还有……没有了，就我们几个，高千当天没有出现。

“啊，你们看你们看。”我指向本子的另外一处，“我也有缺席聚会的记录。”

完整统计过后，高千共缺席七次，我是三次……让我有些意外的是，高千缺席的次数竟然比我多。根据统计，我至少经历过四次没有高千的聚会。但是，我却感觉不应该是这样的。在我的记忆里，每次参加聚会时，高千应该都在旁边的……

我抬起头偷偷地打量高千的侧脸，回忆起新年后高千在穿着打扮上的改变。今年寒假，高千回了趟老家，而且是带着匠仔一起。至于当时发生了什么，我一无所知。就连向高千提议带上匠仔一起回家的学长也好像只能说出个大概：高千之前被卷入某个杀人事件，详细情况就无从得知了。不过在我看来，那件事一定是对高千过往的某种了结吧。[1]其证据就是，再度回到安槻的高千就跟变了一个人似的。她舍弃了过于暴露的超短裙和惹人注目的奇装异服，着装变得朴素起来。今晚的她穿着一件黑色高领无袖衫，搭配一条颜色偏黑的长裙。

黑色。这么说起来，我又忍不住想说几句题外话。黑色这种颜色，包含有无法被其他东西浸染的意思。所以法官的袍子才被设计成黑色。我会有这样的联想大概是因为“白贵妇”吧。白色和黑色相反，让人感觉可以沾染上任何其他东西。你的颜色会和我的相互浸染，大概是因为这个寓意，新娘的婚纱才被设计成白色的吧。

在这个意义上，黑色和高千简直是绝配。无论什么时候都优雅、美丽而冷漠，不为任何人事所动……不过，真的是这样吗？

我也问过高千为什么不再像以前一样穿短裙了，她总是给出“太冷了，对身体不好”之类的回答，当然这不可能是她的真实想法。我接着想到的是匠仔对此的解释：“害虫总以奇异的外表来彰显自己的危险性，高千的奇装异服大概也表达着同样的意思吧。”我也赞同这种说法。不，应该说我曾经赞同这种说法。现在的她好像敞开了心扉，在人际交往方面也显得更积极了。朴素的着装也许就是这种变化的象征。如果真是这样的话，那么跟身上衣服的颜色不同，高千说不定是想染上别人身上的某种颜色。只是……

只是，那个人是谁？

“看吧，”高千把学长的手账伸到匠仔的鼻头，“恭喜恭喜。全勤奖组的成员只有你们两个噢。不过话说回来，你们两个真是每回都

①详见《苏格兰游戏》（新星出版社，2015年6月）。

会喝到烂醉啊。”

听到这样辛辣的讽刺，匠仔显得有些心虚，悄悄地把手上那杯刚满上的啤酒挪到不显眼的位置。看着这副景象，旁人大概不会认为这两个人的关系会产生什么戏剧性的变化。严厉的姐姐和犯了错误的弟弟，他们给人的感觉仍旧如此。不过，即使高千已经变得和以前不同，他们两个的关系也不见得就一定会发生改变吧。

但是……

“那个啊，高千，”学长说着从高千手上夺过手账，“和这件事没关系啦。”

“啊？你这是什么意思？”

“我的意思是，拿下全勤奖并不是什么必要条件。相比之下，那些接近全勤的人反而更值得怀疑。也就是说，只要事先知道大家的动向，给‘白贵妇’通风报信，自己再找个理由缺席聚会就可以了。也可以说，这样做更能迷惑大家，从而掩盖自己的间谍身份。对吧？”

“真是胡闹。我说小漂，”对了，高千称呼漂撇学长为“小漂”，“为什么有人要把我们的聚会信息透露给那个‘白贵妇’呢？”

“就是因为不明白这样做的目的，才更应该努力找出真相啊。”

“退一步说，即使我们中间真有间谍存在，最值得怀疑的难道不是每次都出席的你吗，小漂？”

“要是这么说的话，匠仔也一次不落地出席了。”

“为什么匠仔要给这种来路不明的女人提供情报啊？”

“那个……学长，”匠仔擦去嘴边的啤酒泡沫，声音一如既往地缥缈，“这也只是我自己的想法。难道说学长今晚临时取消去‘三瓶’的计划，也和这件事有关？”

“嗯，感觉很敏锐嘛匠仔。如果要与匠仔为敌，那可真是不能大意啊。”

“咦，学长要与我为敌吗？”

“你自己的嫌疑还没完全洗清呢。确实如你所说，我先通知大家去‘三瓶’聚会，过了一会儿，我又故意更改了原计划。”

原来如此。这样说起来，如果真的打算在“三瓶”聚会的话，直接约在那里等就可以了，完全没有先约在“I · L”集合的必要。

“为什么要那样做呢？”

“这不是明摆着的吗？这是为了给间谍留出时间，好让他把情报泄露给‘白贵妇’啊。如果我的假设没错，她今晚应该还会在‘三瓶’出现的。而且，跟我预料的一样，她确实出现了。”

“咦，你怎么知道她今晚去了‘三瓶’？”

“刚才小池在电话里告诉我的。”

我和高千顿时面面相觑。我们的脸上肯定都露出了一副无奈的表情，真希望有谁能出来治治这个一旦胡闹起来就没有分寸的男人。

“喂喂，我说小漂，你难道是特意让小池在那儿盯梢吗？”

“唔。根据报告，‘白贵妇’五点的时候准时出现了。”

“然后呢？”

“然后，和平常一样点了鲭鱼寿司，三两下吃完就回去了。但是，没见到我们，想必她一定怅然若失吧。”学长又像动漫里的反派那样笑了起来，“那么，虽然不知道谁是间谍。不过也差不多该把这么做的目的交代一下了吧。”

“笨蛋，”高千站起身，伸手戳了戳学长的脑门，接着从冰箱里取出冰块，“适可而止吧。小漂，你不会真的以为我们几个里面有什么间谍吧？”

“总之，间谍什么的。”学长把头巾扶正，腼腆地笑了，“我是开玩笑的啦。但是我很好奇啊，到底是怎么回事。如果是巧合的话，那也太巧了。”

“如果说我们和‘白贵妇’的相遇不是巧合的话，那么就只能得出一个结论了。”

“什么结论？”

“这不是很明显吗。她一定是每天都去店里了啊。”

“啊？”

“我想大概是为了去吃鲭鱼寿司吧。如果说她每天都去店里的话，那么偶尔遇到我们也是理所当然的嘛。”

“每天啊。喂，不对，还是很奇怪啊。因为我们不到出发的时候根本就不能确定去的是‘三瓶’还是‘花茶屋’啊。”

“所以，她两家店都去了。”

“两家店？”

“她这些日子里每天都要光顾那两家店。刚才你也是这么说的吧？‘白贵妇’总是在五点到五点半之间出现在店里。”

我点着头，突然觉得哪里不对。“刚才你也是这么说的吧？”高千这种说话方式真是奇怪，但要问哪里奇怪，我也答不上来。

“她五点钟出现时，光顾的是那天的第一家店。五点半出现的话，光顾的就是那天的第二家店。事情就这么简单。”

漂撇学长张开嘴巴，一脸惊诧。不过，事实或许真如高千所说，这是有可行性的。刚才也提到过，“白贵妇”待在店里的时间也就十分钟左右。一吃完鲭鱼寿司，她就迅速离开。从“三瓶”走到“花茶屋”大约要花上十分钟。虽然不确定她先去的是哪一家店，但算上待在第一家店的时间和从第一家店走到第二家店的时间，她出现在第二家店的时间和这段日子的表现完全吻合。

而且，如果“白贵妇”真的每天都去两家店的话，那也就不难理解为什么我们会屡屡遇上她了。为了能吃上鲭鱼寿司，我们总是在开店时刻就准时杀到，一旦落座，往往四五个小时不挪地方。所以，我们当然会在五点到六点间和光顾第二家店的“白贵妇”相遇。

“假设她是算准了我们在店里的时段并且故意选择在那个时段出现的话，那她一直在五点到六点之间出现这个事实不就显得很奇怪了吗。但她确实就只在这个时间段出现过，你们想想看，深夜时段的店里从没有出现过这样的一号人物吧。”

“对吧？”高千向匠仔确认。“嗯。”匠仔点了点头算是做了回应。嗯？好像又有一种奇怪的感觉。高千斜着眼睛看向满脸疑惑的我。

“也就是说，我们并不是她的目标。简单地说，她只是想去吃‘三瓶’和‘花茶屋’两家店里的鲭鱼寿司。就是这么一回事。之所以会产生每次光顾必然会碰到她的印象，是因为我们几个偶尔为了吃上鲭鱼寿司，也会早早就赶到店里。”

“可是，她为什么每晚都要去两家店呢？如果在两家店都点了鲭鱼寿司的话，那合起来不就一共点了两份吗！”

问题并不在于量的多少。直到刚才，我们都没有想过“白贵妇”是为了鲭鱼寿司才来往于两店之间的。因为对于我们这样的常客来说，这样对待限定菜品简直是在暴殄天物。所以我们都在潜意识里否认了这种可能性。

“对一个女生来说分量可能是有点多，但也不至于吃不完。更何况鲭鱼寿司那么好吃。”

“不过，假设她真的是为了去吃寿司。这么日复一日地吃，怎么也会有吃腻了的时候吧。而且，她每次还要吃两份，就算再怎么好吃也一定会有吃腻的时候。不，应该说正因为好吃，所以反而吃不了多久就腻了。难道说这半年里，她真的一直都在吃鲭鱼寿司？一天也没有中断过？”

“是真的这么喜欢吃寿司吗？她会不会是为了盗取寿司的配方，所以不断地试吃啊？”

“配方……”学长第一次露出了信服的表情，“她这么做是想研究老板娘那个不外传的配方咯。是这么回事啊。所以她可能是开饭馆的同行，也有可能是直接的竞争对手。这样的话，她完全不喝酒，一吃完就离开的行为也就可以解释得通了。”

“是这样的吗？”匠仔歪了歪头，“再怎么说，试吃半年也太久了点吧？而且，我既不觉得有每天都去试吃的必要，也不太明白为什么每次都要吃掉两份。还有，说是从一月开始，其实那是学长你注意到她的时间吧。她可能是从很早之前就开始光顾了哦。”

“说得也是……不过，你这家伙有什么别的想法吗？”

“想法倒是没有。不过话说回来，店里的人对她估计也是印象深刻吧？”

没错，不管是“三瓶”还是“花茶屋”，每天开店后马上出现吃上一份鲭鱼寿司的“白贵妇”一定是个话题人物。因为老板娘和店员们都频繁地来往于两家店，一定会对她有印象的。

“难道说她的目的是那个。”

“什么？”

“就是那个，强烈地向店里的人显示自己的存在。她坚持每天都到店里去，时间一长，就会给人留下一种她每天五点到六点之间都在‘三瓶’或者‘花茶屋’的印象。”

“她为什么要这么做？”

“等到时机合适，她只要差遣一个替身到店里，就能为自己制造不在场证明了。那个女人一直戴着一顶白帽子对吧，这不是很奇怪吗，大概是不想让店里的人看到自己的长相吧……咦？”学长双臂交叉，冷眼盯着匠仔。匠仔感受到了学长的目光，显得有些不知所措。“那个，我，我说了什么奇怪的话吗？”

“我说，匠仔，你这家伙还真是完全不留意周围的情况啊。那个女人确实每次都戴着白帽子，不过在店里的时候，她可是每次都把帽子摘下来的啊。”

“咦……啊，是这样啊！”

“啊，难道说，”我也有些吃惊，“匠仔直到现在也没有好好留意过‘白贵妇’的样子吗？”

“很有可能哦，”高千少见地笑得打起了滚，“这个人看得见的东西大概就只有他眼前的那杯啤酒了，一定是这样的。”

“真是的，你好意思吗。每次去都能碰上那样的美女，竟然一次都没有好好观察过，实在是不可理喻。”

“原来还是位美女啊。那要找到合适的替身就比较难了。”

“嗯，应该不行吧。那张脸还是挺特别的，对吧。”学长像是希望高千接着把话接下去，高千却只是淡淡地应了一声，学长只好接着往下说，“怎么说呢，就像以前电视剧里的年轻妻子，就是那种感觉。”

“噢，原来如此，我懂了。”学长瞥了一眼仍然一脸困惑的匠仔，很得意的样子。“就好像那种忍受着丈夫的出轨和婆婆的牢骚，在两代人的夹击中顽强生活的年轻妻子。”

“是不是在两代人的夹击中生活还不太清楚，不过那个人大概真是个家庭主妇。除了那顶标志性的帽子之外，她的穿着一向比较随意，妆化得倒一点也不马虎。她大概是在等自己的老公下班回家，在这段不长的时间里只能急急忙忙地赶到‘三瓶’和‘花茶屋’，所以才会是这样的一副打扮吧？”

“也就是说，”匠仔又显得有些不解，“因为回家之后就得接着干家务活，所以衣服就不怎么换了，但是出于女性的爱美之心，还是得化了妆才能出门……”

“嗯，确实有可能是这样。”

“如果真的是这样。那么研究配方的说法就更经不起推敲了吧。”

“为什么？即便是普通的家庭主妇，也会因为想要自己做出那个味道的寿司而热情地跑到店里试吃吧？”

“比起热情，我在她身上感受到更多的是执念一类的东西。”

“……这样啊，”高千点了点头，“执念啊，也许真的是这样。”

视线在半空中游离的高千认真地思考起来，大家也同时陷入了沉默——这段时间还真是长啊。

“……然后呢？”

几乎趴在地上的漂撇学长终于不耐烦了起来。

“啊？”高千如梦初醒似的眨了眨眼睛，罕见地露出了困惑的表情，使得她的面容显得更加天真无邪了。“什么然后？”

“喂喂，高千。匠仔提出‘白贵妇’的行为不是出于热情，而是出于执念这个说法之后，你是不是想起了什么啊？有什么想法的话就说出来啊。”

“说出来对解决问题也没有什么用。再说了，也没有证据。”

“没有证据也没关系啊。好了，先说说看嘛。”

“总之，结论就是，鲭鱼寿司的数量会变成每天四份。”

“啊？”

“‘白贵妇’几乎在‘三瓶’和‘花茶屋’开门营业的同时到店，各点上一份鲭鱼寿司。因为鲭鱼寿司不接受预订，所以早早到店的她几乎肯定能吃上寿司。这样一来，每天晚上六点之前，两家店里鲭鱼寿司的数量加起来最多也就只有四份了。最近半年，两家店一直是这样的状态。”

“嗯，做个减法就知道了嘛。”像是不太明白高千的意思，学长挺起上半身坐得笔直，不停地抖着腿，“所以你想说明什么？”

“我想，这大概就是‘白贵妇’的目的。”

“目的？”

“把两家店里鲭鱼寿司的存量减少到四份——这就是她的目的。为了达到这个目的，她日复一日地吃下两份鲭鱼寿司。”

高千沉静的声音奇妙地和“执念”这个词重叠在一起，我的后背不由得一阵发凉。

“我突然想到，事情会不会是这样的呢？不过仅此而已。刚才也说过了，我没有什么证据。”

“为什么……”学长好像也悟出了什么，不再抖腿，“为什么要把鲭鱼寿司的库存减少到四份呢？”

“为了让之后的客人只有四次吃到鲭鱼寿司的机会。”

“吃到鲭鱼寿司的机会吗？嗯，确实会变成四次。”

“我在想会不会是这么回事，她无论如何都不想让某人有机会能吃到鲭鱼寿司。”

“不想让某人吃寿司？”

“比如说她的丈夫。当然，前提是她确实是个家庭主妇。她的丈夫可能正好是‘三瓶’和‘花茶屋’的常客。”

“如果住在附近的话，那么下班途中顺道喝上一杯……”

“她也许不想看到这种事发生。”

“为什么？”

“鲭鱼寿司很占肚子的吧。如果一个人吃下一份的话，至少回到家后就不那么想再去吃妻子准备好的饭菜了。”

“难道说，她是为了防止这种事的发生才……”

“嗯，我突然觉得这可能就是她的动机。”

“但是，即使没有鲭鱼寿司。她的丈夫也有可能顺道先去哪里喝上一杯吧，因为如果不先到店里的话是不会知道那天有没有鲭鱼寿司的。一旦进店，那么很有可能就会坐下喝上一杯的吧？”

“如果真的只是喝一杯而已的话，等到回家的时候，大概还可以好好品尝妻子做的饭菜哦。但是，如果运气好吃到鲭鱼寿司的话，回到家可就拿不动筷子了。”

“这……说得也对。”

“这对‘白贵妇’来说或许是一件无法接受的事。你们也许会觉得这事微不足道，但一个人的自尊心到底如何，外人毕竟无从知晓。对于她来说，下班归来的丈夫对着自己准备的饭菜迟迟无法下筷，可能正是一件非常伤自尊的事。当然，这些纯粹只是我的想象。”

“既然如此，她为什么不直接和丈夫说清楚，让他下班后直接回家呢？”

“或许说了丈夫也不听，又或者找不到坦白的时机，还可能有什么无法当面和丈夫说清楚的理由。当然这些外人也无法了解。”

“但是，高千，她最多能吃到的也只是两份寿司而已哦。不管她多努力，也只能在两家店各吃到一份鲭鱼寿司，再怎么求老板娘也没用。也就是说，两家店加起来还会剩下四份寿司，完全存在无功而返，丈夫照样顺利吃到寿司的可能性。所以说，你不觉得她坚持的时间有点太久……”

“她对此应该早有思想准备了吧。虽然无法完全左右事态的发展，但她能做的也就只有把丈夫吃到寿司的概率降到最低这一件事了。所以她才日复一日地到店里去，把自己做的饭菜的命运赌在这种可能性上面……”

学长的喉结动了一下。高千看似平淡的叙述让人听得入神。

“当然，很不幸，她在这场赌局里经常是输家。但是，她却不得不赌下去。所以我才说这是执念。”

把命运赌在可能性上的执念……我突然想起来，不只是匠仔，高千其实也一次都没见过“白贵妇”。

和平时一样，之后的话题走向完全脱离了我们的控制，天也在不知不觉间亮了。星期天的早晨，和煦的晨光照在席地躺倒的漂撇学长和匠仔身上，两个人翻来覆去，鼾声如雷。

高千双手环抱着膝盖，好像正思考着什么。手里仍旧拿着玻璃杯，杯中的冰已经融了大半，酒想必也淡了不少。从昨晚开始，她好像就没怎么喝过杯中的酒。

我翻过身，朝着她的方向："高千。"

看到我还醒着，她似乎有些惊讶："怎么了？"

"高千，好像变了呢。"

"是吗？哪里变了？"

"那杯酒，不是都没怎么喝吗？"

能和漂撇学长还有匠仔混在一块儿，高千的酒量自然也十分了得，甚至比很多男生能喝。但是，虽说她最近还是和我们一起参加聚会，但却给人一种只是到处露露脸，酒却不怎么喝的感觉。

"我也会有状态不好的时候嘛。"

"……但是，状态不好的时候，以前的高千不是会早点回去的吗？碰上这种时候，学长和匠仔也就不太管你了。"

高千不知为什么显得很高兴，扑哧笑了出来："你看得还真是仔细啊。"

"还有一件事让我很好奇。"

"什么？"

"高千也一次都没见过'白贵妇'吧？"

"……为什么这么说？"

"你在描述她的外表时，总是显得词不达意。说起她到店里的时间段时，你的反应也像是刚刚才知道的。还有，学长手账里的记录显示，高千缺席聚会的次数比我还多。但是，这一点不管怎么想都很奇怪。至少，我参加的每一次聚会，高千应该也参加了。所以，高千之所以会被认为缺席了某次聚会，是因为学长忘记把你的名字写下来了。就像今天，噢不，昨晚那次一样。”

“原来如此。”

“联想至此，我第一次注意到了。最近这段时间，准确地说，最近半年，高千一直在聚会的时候迟到。”

高千忽然站起身，我正想问她要去哪里。她却拿下巴指了指楼梯的方向。学长和匠仔依然鼾声大作，完全没有快要醒过来的迹象。

难道说我的发现会让高千感到困扰吗？这让我感到惊讶。虽说高千本来就讨厌和人接触，但她现在难道连对学长和匠仔都这么冷淡了吗……我抱着这样的疑惑，跟在高千身后。

高千在二楼的走廊停下脚步，转过身说：“接着说。”

“学长和匠仔应该还没有注意到高千逢聚会必迟到的定律。我也是刚刚才发现的。总的来说，大家对聚会时间的记忆本来就比较模糊，因为一般很早就会到店，一坐就是四五个小时。比如像今天这样，即使有人迟到了一两个小时，但只要喝到一定程度，大家把一开始的座位都打乱了之后，就自然没有人会记得了。没错吧？”

“我没想过要隐瞒这一点。所以如果有人注意到了，也没关系。”

听到她自暴自弃式的回答，我更加不安了。以前的高千绝对不会在我们几个聚会时迟到。原本她的性格非常严谨，为什么会变成现在这样呢？这样一来，问题也许就不只是态度冷淡这么简单了，她想说的或许是“我已经不想再和你们这些人混在一起了”。高千的心思说不定早就不在我们几个身上了……也许是因为刚熬过夜，精神还处于亢奋的状态，想到这里，我惊慌失措，几乎就要哭出来了。

这时，我突然想起昨晚喝酒时心里的另一个疑惑。

“……高千最近好像瞒着我和学长，跟匠仔走得很近吧？”

原以为她听到这话会生气，没想到她却开心地笑了起来。

“哈哈，真是输给你了啊小兔。什么话都逃不过你的耳朵。”

高千昨晚说漏了嘴——说出“深夜时段的店里从没有出现过这样的一号人物”之后，高千向匠仔确认了一下。两人的这次互动并没有被记录在学长的手账上，也就是说，他们两个人曾经单独约过会。

“匠仔几乎每天都和学长在一块儿喝酒。所以你们两个是在这里的聚会碰巧因为什么原因提早结束之后，才单独到‘三瓶’或者‘花茶屋’去的吧？”

“有一个小错误。”

“嗯？”

“准确地说，匠仔是一个人去的，因为在这里还没喝够嘛。我呢，是追过去的，装作也还没有喝够，凑巧在那里碰到他的样子。”

“为什么……”比起这些话本身，高千那种直截了当的态度更让我有些不知所措。“为什么要这么做？”

“匠仔喝得烂醉的时候，我希望能够出现在他身边。我不愿意看到他孤零零一个人，也不愿意他和除了我以外的人单独待在一起。”

是因为刚熬过夜，神经还处在亢奋的状态吗？如果是平时的高千，即使表达同样的心情，也不会让人觉得她已经为此烦恼了很久……高千好像看出了我的想法，耸了耸肩，轻笑了一声。

“喂喂，我这么说是不是会让人联想到一些色色的画面啊。”

“不过，会这么想也很正常吧？”

“嗯，一般都会这么想的吧。不过，别看匠仔那副样子，再怎么说他也是个男人嘛。如果醉倒的时候身边总是有个女人的话，他说不定也会产生奇怪的想法。”

“嗯，的确有可能。我觉得可能性还不小。”

所以，那种时候在他身边的不能是其他的女性，而必须是高千——她的语气再次给人冷淡的感觉。

“要是能自然而然地和他形成这种关系的话，倒也不错。没必要在意别人的看法。因为我有一件无论如何都要接着做下去的事。我这么做是有目的的。”

“目的？”

不管怎么说，高千在心理上没有疏远我们——或者说匠仔——这一点让我很欣慰。不过与此同时，事态好像更加混乱了。我不禁感到奇怪，如果她和匠仔之间真的存在我感觉到的那样东西的话，那么和他形成“那种关系”不应该正是高千的目的所在吗……按照她的说法，好像又不是这样。高千不是那种喜欢玩文字游戏的人，所以她口中的“目的”就让我更为不解了。

“你说的目的到底是什么？”

“简单地说，就是归还从他那里借的东西。”

“难道说，”所谓天启指的大概就是这样的瞬间吧。“和你寒假回老家时的事情……”

高千点了点头：“他……”

“匠仔他？”

“救了我的命。”

高千的口吻和往常一样平淡，或者应该说，比之前更让人觉得冷淡了。而且，这句话里好像还含有不想详细解释的意味。

“换作别人，可能会庆幸自己安然无恙，就此了结。可我就是这种性格。不论是谁，借来的东西一定要设法还上，就算是他也不例外。”

“借来的东西……”

“嗯，借来的东西。我一直在找机会归还从他那里借的东西。所以，如果在他需要帮助时，出现在他身边的却是别人的话，我会很困扰的。”

我突然意识到自己的脚抖了一下，总觉得我本不该听到高千现在正说的这些话。

“我也不是有什么统计学上的依据。就是总觉得，喝得烂醉的时候，人容易不经意地说出一些平时瞒着别人的心里话。更何况，匠仔一年到头几乎每天都在喝酒，如果我不尽量保持清醒的话……”

执念，这个词再次出现在我的脑际。

“是因为这个吗？所以高千这半年才会一直在聚会时迟到，好把体力保存下来……”

“你知道我最大的对手是谁吗？”

“欸……”有种话题突然被岔开了的感觉。“对手？”

“最有可能阻碍我的对手，就是小漂啊。”

她没有岔开话题，我为自己刚才一瞬间的怀疑感到羞愧。

“怎么想都是这样吧。如果他要倾诉自己的烦恼的话，向小漂倾诉的可能性不是最大的吗。总是一起喝酒，又都是男生……但是，这样会让我很困扰。”

一直称呼匠仔为“他”的高千，看上去就像晨光之中的海市蜃楼……不过，如果真是这样，那这恐怕就是世上最美的海市蜃楼了。

“我也想救他一次。‘拯救’这种说法大概会让人发笑，或者觉得妄自尊大吧。以前的我怕是也瞧不上随随便便把这个词挂在嘴边的人。但是，我找不到其他的说法了。我就是想在他需要时助他一臂之力，觉得这就是我应该做的事，绝不能让给别人。当然，不管我做的准备有多充分，也不能保证他一定会向我求援。虽然不一定，但是只要有可能，我就想赌在这种可能性上。想象着总有一天……总有一天，他会向我倾诉自己的麻烦事。”

“你说的麻烦事……是什么？”

“和以前的我一样。和以前的我碰到的那种麻烦一样。”

虽然不清楚内情，我还是不住地点头。“所以……那是什么？”

“不知道。就是因为想让他把那件事告诉我，我现在才会这么努力啊。”

“也就是说，你连他有没有麻烦事也不知道了……”

“不，我知道。”高千转过身，“我知道的。”

这个瞬间，我确信无疑。她的那句“为了达到目的，不介意和匠仔形成‘那种关系’”既没有半点的隐瞒，也没有丝毫的夸张。

“那么，”她打了个哈欠，“我们稍微到楼下睡一会儿吧。”

她说着开始快步走下楼梯，我慌忙跟上。

“……不回家吗？”

“今天是星期天哦。”高千又用下巴指了指依旧鼾声大作的两人，“这两个人肯定会嚷嚷着要为此庆祝一番，又接着喝起来吧。就在这种时候，人松懈下来，开始对身边的人吐露心声——这样的事也是有可能发生的吧？所以说，一定要赖在这里才行啊。对了，小兔如果也在这儿睡的话，一定要先把毛毯拿出来哦。早上还挺冷的。”

“难道说……”我差点叫出了声，“难道说，高千最近不穿迷你裙，真的是为了……”

身体受凉的话会生病，所以才得处处留心吗？这一切都是为了匠仔，为了在他倾诉麻烦事时，自己的身体能处在一个良好的状态？

“……很傻吧？”

我不由自主地从背后抱住了高千。我没办法不这样做。她的这份心意真的等得到被匠仔了解的那一天吗？这种绝望的心情驱使我这样做。

因为，想想就会发现，其实我们几个对彼此的了解真是少得可怜。不只是匠仔，学长也好，高千也好，就连家庭成员构成这一点，也只是从大学办公室的资料里略有了解而已。

不去过多地探究彼此的情况，这种不宣自明的默契正是把我们几个联结在一起的关键。在这种相处模式下，匠仔真的有可能对着高千把自己的秘密和盘托出吗？

高千自然不会知道此刻我心里的忧虑，她背靠柱子，双眼紧闭。看起来就像战场上为了随时应对紧急事态而放弃了熟睡的士兵。

我躺下，拉过她的手，轻轻地吻着，感受着她的体温，并渴望在梦中遇到那不为任何人事所动的、高洁的贵妇。

分裂的图像：以及避暑地的心血来潮

1

野吕由加里一行乘坐露营车到达“小假日”的时间是七月二十二日下午三点刚过。集合的时间本来是当天上午十点，但鲸伏美嘉迟到了大约一个小时，大家又到最近刚刚进驻安槻的大型卖场购买食材等所需物品。在乌冬面店简单地用过午餐后，一开始制定的十二点到一点间到达目的地的计划已经不可能实现，大幅推迟到了下午三点。

对此，由加里只好苦笑一声，聊以安慰。不知不觉间，自己也已经把“小假日”这个昵称挂在嘴边了。已经记不清一开始是谁先这么叫的了，只记得第一次听到这个名字的时候，自己还暗暗嘲笑它没有品位。女大学生团体的感染力真是不容小视啊。不过，此刻由加里眼前的建筑物其实说不上“小”，起码比自己想象的要稍大一些。如果建在一般的住宅区，感觉还不至于这么明显。这种印象果然还是周围的环境造成的。不论走到哪里，所见皆是一望无际的田地，见不到一户人家。倒不失为一种勾起思乡之情的典型日本乡野风景。在这样的地方突然见到一幢以杂木林为背景的两层洋楼，第一印象恐怕不是不雅，而是颇为奇异。

“嚯，比我想象的好嘛。”从露营车后座下来的美嘉身穿热裤，嘴里嚼着口香糖，手叉在肚脐完全露出的腰上打量着洋楼，“感觉还不错。”

“是啊。”担任司机的鸠里观月理了理她的一头长发，伸了个大懒腰，“看起来跟新的一样。”

“但是，里面真的完完全全什么都没有，对吧。”莲实景像是想犒劳一下观月，从背后轻轻捶打观月的肩膀。同时，她藏在无框眼镜背后圆睁的眼睛不停地打量着四周。“一眼看过去都是田地，这话可一点都不夸张啊。这几天会不会很无聊啊，这样根本什么都干不了嘛。”平时身形就显小巧的小景靠着比大家都要高上一个头的观月，看上去就像小孩子正缠着妈妈索要什么东西一样。美嘉看着她们两个，猛地吹起了泡泡。“说什么呢？”泡泡又“砰”的一声破掉了。“我们决定要来的时候，本来就没打算要在这里做什么的吧？”

“话是这么说啦。”小景把手放在额头上，抬头眺望蔚蓝色的天空，“这十天到底会怎样呢？最后该不会变成忍耐大赛吧？”

“嗯？”被小景搭话的由加里好像正在考虑别的事情，所以反应慢了半拍，“啊，嗯。是啊。但是，对于我们这些过惯了散漫生活的人来说，这里没准会很合适哦。”

“没这回事。”胀大后又一下破掉的口香糖黏在了美嘉的鼻子上，后半段的“绝对没这回事”听起来像是“绝对没这肥四”。

“总之。”放任不理的话，这四个人的对话不知道会持续到什么时候，打断这番对话的是穿着一身黑的千晓。“先把东西拿进去吧。”

听到这话，大家纷纷把视线投向观月。她也就顺势掏出从伊井谷秀子那里拿到的钥匙，稍显胆怯地递给千晓。观月明明没必要把钥匙递给千晓啊，自己打开不就好了，由加里对此感到有些意外。

至于千晓——还是忍不住想说，这个名字真是雌雄莫辨啊——对此则好像没有什么感觉，顺手接过钥匙，打开了“小假日”的大门。门打开后，他再一次回到车里，双手抱着装满食材的塑料袋走了进去。

四个女生好像在等千晓走远似的——有些奇怪地互相看看彼此——接着便也提着各自的东西朝玄关走去。屋内的空气像被蒸熟了似的，时值盛夏，这也是没办法的事，不过这样一来，户外应该会比较凉快吧。说起来，这里的房间真的都装着空调吗？由加里不禁有些担心。

“把房子里的窗户都打开。”千晓把饭厅里崭新的冰箱迅速地擦拭了一番，接上电源。这时的他已经完全是一副修学旅行带队老师的样子了。“稍微让房子通通风。”

由加里也打量了一番饭厅，这里和餐厨两用间这样时髦的名字完全不搭调，确实只配被称作“饭厅”。灶台的旁边随意地放着一张细长的桌子，桌子一头的台子上则放着一台大电视。看桌子的大小，大概能让二十个人一起就餐。

一楼的配套设施还有盥洗室、淋浴间、带浴缸的浴室、主卧和两间客房。主卧和两间客房里都各有两张床，一共可以住六个人。不对，如果自备铺盖的话，这栋“小假日”大概能住下好几十人吧。不过不是住一楼，而是住二楼。

二楼不需要任何示意图，因为二楼总共就只有一个房间。房间大概有八十畳[①]，全部铺着木地板，第一次上楼的人估计都要被它的面积吓一跳。秀子说明这个房间的情况时，大家就已经觉得有些滑稽了，实际看到之后，才发现秀子的话一点都不夸张。这个房间太大了，反而让人无从下脚。里面既没有家具，也没有其他什物，更给人一种空虚的感觉。角落里虽然有六畳左右的地方铺着榻榻米，但和整个房间的面积比起来毕竟微不足道，一般人在这里还是会有无处藏身的感觉。这里大概很难被用作普通民宅吧。就算不计成本地降价，大概也找不到什么买家。由加里边想边一扇接一扇地打开了二楼的窗户。

背面的窗户正对着一片杂木林，窗上装着纱帘，应该是用来防蚊子的。即使到了夜里，窗户大概也不怎么打开，所以房间里的空调也是工厂里常见的大型机。不过，房间这么大，这么一台机器真的够用吗——不对，除了自己，这次大概没有人会疯狂到想在二楼过夜吧。想到这里，由加里不禁苦笑了一声。打开正面的窗户，正好能看到不断从露营车里拿出卖场塑料袋和保温箱的千晓，还有在一旁帮忙的观月和小景。

由加里再度打量身后的大房间。确认自己将独占这里之后，她从化妆包里取出手机，拨通了冈本壹成的电话。必须告诉他"小假日"合宿计划的内容发生了一些变化才行。虽然没必要事无巨细地向他报告，但如果之后出了什么岔子就麻烦了。

"喂，你好。"电话那头马上传来冈本壹成熟悉的声音。"啊，是

---

①译者注：畳，面积计量单位，一畳约等于一点六五平方米。八十畳相当于一百三十二平方米。

由加里吗？”

“嗯。”为了不让搬东西的同伴看到自己，由加里蹲了下来，“我到了。”

“这样啊，太好了。那边的天气怎么样？”

“是个大晴天哦。是这样的，计划稍微有点变化。”

“怎么回事？”

“参加人数有变动。本来是六个人参加的，后来有两个人退出了……”

“这个你之前告诉过我了。六个人减掉两个人，还剩下四个人对吧？”

“不对，变成五个人了。”

“五个人？那就是房主的那位大小姐，还是那个女厨子？对了，她叫什么来着？”

“早栗小姐。”

“对。就是她们之中的一位又临时加入了吧？”

“也不对。她们两个都没有参加，临时加入的是一个完全不相干的人。”

“那这个临时加入的女孩叫什么名字？”

“临时加入的不是女孩子。”

“啊？”

“是男孩子。”

“男孩子……喂。”壹成的声音明显带上了怒气，这倒也可以理解。“这可和说好的不一样啊。就因为你一直强调只有女孩参加，我才相信你，让你去的……”

“这不是没办法嘛。”由加里的声音里透露出厌烦，但在壹成看不见的电话这头，她其实悄悄吐了吐舌头，露出了一个恶作剧般的笑容。“观月、美嘉、小景和我都不会做饭嘛。”

时间回到六月份，伊井谷秀子的爷爷把这栋洋楼当作礼物送给了她，这就是整个计划的开端。

秀子和由加里都是国立安槻大学的学生。她们两个和观月、美嘉、小景都在同一年入学，今年春天刚刚升上二年级。刚入学的时候，五个人一起参加了新生的品德讲座，又都经常出入很受当地女学生欢迎的咖啡店“Side Park”，于是渐渐要好起来。

那一天，五个人也和往常一样坐在“Side Park”靠里的一张桌子边热热闹闹地聊着天。除了开春才刚到店里工作的帅气侍应生嶋崎丰树过来点单或添水时，大家会默契地停下来之外，其他时间里都天南海北地聊个不停。

秀子就是在那时提起了爷爷的事：“对了对了，我爷爷跟我说：‘之前买的那栋房子，反正也用不上，就送给你吧。’”

伊井谷家以前是当地的大地主，所以秀子自然也就是有钱人家的小姐了。不过“随便送一栋房子给孙女”的豪气还是让大家都十分惊讶。

“不过，那个房子啊，”秀子没太在意由加里她们的反应，继续淡淡地解释道，“再怎么说都不是多了不得的房子啦，新倒是挺新的。”

按照秀子的说法，她爷爷的一位熟人以前是市里文化学校的西洋画讲师。这位老画师去年突发奇想地决定到御返事村建个房子。

“御返事村？”

美嘉、小景和由加里都眨了眨眼睛，面面相觑。顺带一提，五人之中只有秀子和观月是安槻本地人。

“那地方在哪里啊？”

“就在安槻市。不过说是这么说，村子其实在非常非常靠北的地方，几乎可以说是在山里了。从这里开车过去，我想想啊，大概要两个小时吧。”

“已经到乡下了吧。”

“可以这么说，不过那可是个好地方啊。亲近自然，几乎没有人造的东西。偶尔浸润在这种静谧的氛围里，人心也会得到治愈的哦。”

“所以在那里建房子的是那位老画师？”

“没错，建房子倒是没问题，不过他好像想让那栋房子兼作住宅和教室。”

“教室？难道说，是想用作教人画画的地方？”

“这想法不太正常吧？”

这位老画师计划在空气清新、适合素描的乡下继续创作，与此同时开班授课，培养一批学生。他过分地沉湎于这个想法中美妙的部分，而忽略了一个最根本的问题。

“不管是谁都会一目了然的，这太明显了。”

“就是说嘛。即使这位老画师再怎么有名，也不会有人专门开两小时的车去拜师吧。”

“这位老画师其实也明白这一点。不过，他认为只要和以前在文化学校的人打声招呼，学生们肯定会不辞辛劳地跑去上课，所以丝毫没把两小时的路程放在眼里。而且，一旦接触到充满自然气息的美景，大概谁都会流连忘返，甚至希望搬到那里住的吧。”

“哈哈，天真。”

“对吧。这想法也太天真了。”

“他的家里人好像也都反对这个想法。因为那里既不通地铁也没有公交车。但他本人却充耳不闻，趁人不注意就在御返事村买好了地，建起了一栋气派的二层洋楼。二楼被设计成了绘画教室，是一个足有八十畳大的大开间。”

“啊？”

“你是说八十畳？”

“咦。”

“他本人也明白，从中心城区驱车往返要花上四个小时。为了能让来上课的学生随时住下，他在一楼准备了两间客房，又尽量把饭厅设计得宽敞些，让更多的人能够一起就餐。考虑到学生们各自的喜好，除了淋浴间，他还特别准备了带浴缸的浴室。”

“真是干劲十足啊。”

“那结果如何？”

“当然是没什么用啦。不过，当时的情况比旁人想象的还要凄凉。”

兼作住宅和绘画教室的洋楼在新年的时候竣工了，但学生却一个都没有招到，甚至连咨询的人也没有。不仅如此，一般新居落成的时候，总该有朋友前往庆贺一番，顺便游览附近的山山水水。但这次根本就没有朋友捧场，连家里人也不愿意过去。所以，真的没有一个人造访过那栋洋楼。在与世隔绝的小岛一般的洋楼待上几个月之后，那位老画师也不得不干脆地承认了自己的天真，下定决心处理掉那栋刚刚建起的新居。不过，这栋不遭人待见的洋楼果然很难找到买家。即使老画师早有心理准备，大幅降价，也还是无人问津。

“当然没人会买啦。”

“不仅仅是因为远吧。本来是建来作绘画教室的，肯定不适合拿来住人啦。”

“那间除了‘大’就找不到第二个形容词的开间真的很让人头疼啊，都能拿来当舞会的会场了。”

“于是，”秀子叹了口气，“他就哭着去求我爷爷了。”

什么这栋洋楼已经把自己的养老钱全花光了，什么自己一把年纪的已经没有多少时间了。老画师在秀子的爷爷面前低声下气，价钱也不在乎了，只是一个劲儿地恳求爷爷把洋楼买下来。

“看在两人从小玩到大的情面上，爷爷还稍微加了点价，但房子买下来后果然还是用不上。既不适合住人，也不适合拿来当仓库。干脆把房子推倒吧，可毕竟是花了钱买的，总觉得很划不来。”

“眼看没什么办法了。你爷爷就说把房子送你了，其实就是把这个烂摊子推给你了嘛。”

“如果能把它当成家里另一处度假时可以用的房产，倒也不错。不过谁会特意跑到那种什么都没有的地方啊。”

“那里真的有这么荒凉吗？”

“绝无半点夸张。既然房子都给我了，我就想着过去看一眼。到了之后，我发现那里真的是什么都没有，没有商店，没有民居，更不用说玩的地方了。据说最近的便利店也要开一个多小时的车才能到。”

“欸？”

“那可不妙。真是把房子建到无人区里了。”

“不过，可能反而会很有趣哦。”

美嘉漫不经心地叼着冰茶的吸管，她的这句话瞬间招来了其他人不解的目光。

2

“你们先听我说完嘛，说不定真的挺有趣的。在这样与俗世隔绝的环境里舒舒服服地待上几天，当然，待久了可是受不了的。不过，只是待几天的话，以后还能拿来当聊天时的话题呢。”

“这样啊。总算出现有建设性的意见了，我们要不要试试看？”

“试试看？”所有人的视线转而集中到了秀子身上。“试什么？”

“今年暑假，大家一起去那里合宿吧？”

“合宿？在那种地方，到底要怎么合宿啊？”

“当然是什么都不干啊。暂且忘掉俗世的一切，优雅地享受这个假期。”

“真的能做到优雅吗？”

“尽情享受这份什么都不必做的奢侈，这是最重要的一点。”提出建议的美嘉一副信心十足的样子，“刚好借此机会好好休息一段时间，我看就到那里待上一周或者十天左右吧。”

“这样太乱来了。”大家异口同声地提出异议，“不管怎么说，待在那里的时间也太长了。”

“如果待烦了，随时都可以收拾东西回来。加上这一条总可以了吧？”

“是这么回事啊。”

“听上去还不错。”

“嗯，说不定会有惊喜哦。”

“去看看吧。”

不一会儿，五个人就热火朝天地聊起了合宿计划。因为合宿被安排在暑假的时段里，于是有人提议把这次合宿称为“小长假”，但由于语感不佳，没有被采纳。有人提出“小放纵”这个名字，却又以“意义含糊不清”为由被淘汰了。一番讨论之后，大家决定把这次的合宿计划和那栋洋楼命名为“小假日”，虽然旁人实在看不出这个最终确定的名字和被淘汰的方案到底有什么差别，不过对她们这几个不走形式心里就不痛快的女生来说，总算是成功地踏出了第一步。

“那‘小假日’定在暑假的什么时候呢？”

五个人对了对各自的时间表，进入八月份之后，要么回家探亲、要么和家人旅行、要么和男朋友另有安排，总之每个人都有各自的计划。于是大家一致决定把“小假日”定在七月。

“嗯，根据刚才讨论的结果，我们就把‘小假日’的时间定为七月二十二日到三十一日，总共十天。大家没问题吧？”

“十天……吗？”

由加里从兴奋劲中缓过来，仔细考虑了一下。虽说“小假日”可能会提前中止，但十天也有点太长了。壹成甚至对“小假日”这个计划本身都会有意见。

“怎么了？由加里哪里不方便吗？”

“哎。嗯，我没有什么别的安排，没问题的。”她连忙开口掩饰，“现在暂时没问题哦。”

“等等！”小景突然发出一声惨叫，不知道的人还以为她正被剧烈的腹痛折磨。“大家是不是忘了一件很重要的事。”

“小景，干吗这么大惊小怪的。你这表情也太吓人了。”

“你到底想说什么啊？”

“你们刚才说那里什么都没有，对吧？也就是说，既没有家庭餐厅，也没有咖啡店。连去最近的便利店都要开上一个小时的车，没错吧？”

“没错，刚才也是这么说的吧。”

“正因为这样所以才打算去看看啊。”

“吃饭怎么办？”小景的声音和表情让人看不出她到底是在发怒还是在发笑，“我们要到哪里吃饭？”

“嗯？”

“在那样的环境里，即使再不愿意，也只能买好食材过去自己做了吧。”

“说得也是。不过，偶尔自己做做菜也挺新鲜的吧。”

“新鲜倒是挺新鲜的，不过，到底谁来做呢？”

小景的发问终于让其他四人明白了自己的处境，大家顿时安静下来，偷偷观察着彼此的反应。

在这一点上五个人也是相当合得来，可惜的是，她们并非都擅长烹饪，而是都没有下厨的经验。她们的手都笨得可以，连菜刀都拿不了。大小姐秀子的家里有专门的厨师负责做饭；观月和父母住在一起；小景除了有时到秀子和观月家里蹭饭之外，平时都选择出门下馆子；由加里每顿饭都在外面解决。最极端的是一天只吃一顿饭的美嘉，她每天都睡到日上三竿才闲晃到学校，而且一定会被某个男生请去喝杯东西，她一天里的唯一一餐就顺便在那个时候解决了。真是厉害啊。

“我倒觉得还好。”最先缓过劲儿来的美嘉耸了耸半露在外面的肩，“就算每顿都吃便当，每天也就只需要花上两个小时开车往返。不如我们过去的时候就带上一大堆泡面吧……”

“别开玩笑了！”小景唾沫横飞，藏在眼镜片后的那双眼睛瞪成了三角形，“我才受不了这种既不健康又不体面的饮食方式呢。我不要，绝对不要！”

“哎呀，没想到小景对吃还挺讲究的嘛。”

“没这回事。我这是正常人的思考方式。”

“唔。”观月抱着胳膊，“如果非要我选的话，我也不想每天都吃便利店的便当或者泡面哎。偶尔吃吃倒还好，早餐还是想喝上一碗味噌汤啊。”

“你想得也太美了。要是真这么介意的话，大家就自己做饭吧，怎么样？”

“这话从别人嘴里说出来也就算了。”小景盯着美嘉的眼神极具攻击性，“唯独你没资格这么说。”

“所以我才说我无所谓啊，三餐都吃便利店的东西也没问题。”

“等等，先不要吵了。不然这样吧。”秀子赶紧出来救场，“我们找个擅长做饭的人，带着她一起过去，这样一来……”

秀子说到一半忽然停了下来，看向咖啡店的门口。由加里她们也顺着秀子的视线看向门口。一位穿着纯色连衣裙，一副纯真学生模样的女生刚好跨进店门。

“啊，早栗同学。”举起手打招呼的秀子似乎认识她。由加里是第一次见，不过观月好像和她打过照面，轻轻点头打了个招呼。几个人后来才知道，这位早栗亚古同学也是安槻大学的学生，今年刚刚入学。她是本地人，以前和秀子上同一所高中，所以秀子算是她的学姐。

“正好正好。这里这里，你过来一下。”

“唔。”早栗亚古看看秀子，又看看由加里她们，小心翼翼地走到最里面的桌子旁边，“我坐这里，真的不会打扰你们吗？”

“当然，好了，快坐下快坐下。啊，喜欢什么就点，不用客气，我们请客。”

“真的吗？那就谢谢啦。不过总觉得气氛有点吓人啊。”

“别在意别在意，有时候是会这样的啦。嗯，早栗同学，从七月二十二日开始的大约十天时间里，你有别的安排了吗？”

“嗯？没有。”亚古凭记忆确认了一下自己的日程，“因为是暑假嘛，所以也没什么特别的安排。”

“这样啊，那你想不想和我们一起去合宿？”

“合宿？”早栗亚古歪了歪头，看上去已经适应了这里的气氛，看着由加里她们五个人的时候表情也轻松了不少，“是某个同好会的合宿吗？”

“不是，大家就是想结伴一起去而已啦。”秀子说着朝由加里她们摊开双掌，向早栗示意合宿的成员。

“不过，像我这样的局外人不会打扰你们吗？”

“没关系没关系，你不用想那么多啦。啊，对了，早栗同学，听说你很擅长做菜对吧？”

“还说不上擅长啦。”亚古好像明白了是怎么一回事，随即露出恶作剧一般的微笑，“你们在找能给你们做饭的人，对吧？”

“简单地说就是这么回事。当然，我们会报销路费和食材的费用，早栗同学一分钱都不用出。而且我们还会准备其他的谢礼，怎么样嘛？”

于是，坐在亚古旁边的观月把秀子从爷爷那里收到这栋洋楼的事情又详细说了一遍。亚古看上去虽然对“小假日”本身没什么兴趣，但好像很高兴能得到秀子她们的邀请。对于刚入学的新生来说，借此机会扩大自己的交际圈才是最重要的。

“好像挺有趣的嘛。”

“那你能接受我们的邀请吗？”

“嗯，可以啊。如果你们也觉得我没问题的话，我就先把时间空出来。”

至此，这天的交谈告一段落。最久可能要离家十天，由加里不可能不把这事告诉壹成。不过，壹成真的会痛快地答应让她参加御返事村的这次合宿吗？他很可能会板起脸来，发些“如果有这种时间，你还不如留下来陪我”之类的牢骚吧。一番软磨硬泡过后，倒是有可能争取到两三天的时间，不过最好也先有无法参加这次合宿的心理准备。由加里就在这样忧郁的心绪中等待着壹成每天那通铁打不动的来电。

“咦，合宿吗？只有女生参加的吧？”听说了整件事的始末之后，壹成的声音意外地显得兴致勃勃。

“好像很有趣嘛。”

“是……是吗？”

“大户人家小姐的想法就是和普通人不一样啊。”虽然也有这样的揶揄。“不过，小加里也刚好可以趁这个机会换换心情嘛。”壹成的心情显然不错。

“所以，我可以去吗？”

“当然可以，你去吧。”

“不过，我可能有十天都不在家哦。”

“你们去的又不是迪士尼乐园，一群年轻开朗的少女待在那种什么都没有的乡下地方，能坚持得了几天啊？中间肯定会有人无聊得受不了，提议大家早点回来的。”

壹成轻松地笑了，由加里也不禁苦笑起来。“的确，结果很可能就是这样。最多也就待上个两三天吧。”

“那还算好的了，依我看，你们最多在那里待上一晚。嗯，不然我们打个赌吧。怎么样，打赌吧打赌吧。”

“我不喜欢打赌。”

“又不是赌钱。那什么，上次在邮购目录里看到的那件内衣……”

“神经！我才不要。”如果任由他说下去的话，真不知道会提出什么过分的要求。不过，由加里很快意识到要趁壹成没改变主意时确认正事，于是再度提醒壹成：“我真的可以去参加合宿，对吧？”

“去吧去吧。所以啊，小加里，作为交换……”

壹成的声音突然变得有些肉麻，大概是又要提出什么奇怪的交换条件，死搅蛮缠直到由加里答应为止吧。总之还是先确保“小假日”计划不出岔子吧，接下来就只需等待暑假开始了。

不过，在七月过半这个关键时期，秀子却突然宣布自己有一件不得不处理的急事，不能去御返事村了。

“哎？那现在怎么办啊。”五个人正在大学食堂聚餐，听到秀子的话，小景急得喷出了刚吃进嘴里的面包的碎屑，“如果早知道这样，我就去别的地方玩了。”

“不过其实也没关系。”秀子一脸抱歉的表情朝另外四人深深低下了头，“没必要取消这次合宿，我会把房子的钥匙交给你们，你们几个照样去‘小假日’就好了。”

“不过，这样真的好吗？”

“没关系没关系，家具和日用品已经提前买好了。水、电、煤气一应俱全，就是固话还没有接通。”

“这点完全不是问题。现在谁还用固话啊，大家都带着手机呢。”

“不是，问题不在这儿。”观月颇为“通情达理”地打断了美嘉，“最重要的一家之主不在的话，总觉得有点……”

“不用想那么多啦。而且不是有足足十天的时间吗，我处理完手头的事情之后还可以去跟你们会合啊。”

“怎么办？”面对观月的提问，美嘉率先表示“也没什么不可以的嘛”，其他人纷纷附和。所以，到御返事村参加合宿的变成了除了秀子以外的四个人。噢不。准确地说，还要加上早栗亚古，所以一共是五个人。

这样一来，大家以为事情总算是尘埃落定了。没想到几天后大家聚在学生会馆的咖啡店里聊天的时候，早栗亚古找了过来，并以“家里突然有急事”为由一脸抱歉地告诉大家自己也不能参加合宿了。

早栗亚古此言一出，大家都觉得彻底没戏了，合宿计划不得不就此搁浅。虽然有点对不起失望的小景和美嘉，但对于由加里来说，这样一来就再也不必为壹成羞耻的交换条件背上心理负担了。她松了口气，藏起了心里涌起的安心感，淡淡地在每天固定的那通电话里向他报告了计划的变故。

“上次不是说过要去朋友的房子合宿吗？现在那个计划暂时取消了。”

“哎，为什么啊？”

由加里于是把秀子因为行程冲突不能参加，至关重要的厨师大人也临时退出的事告诉了壹成。

“什么啊，就因为这个啊？”壹成的笑声显得有些沮丧。“再另外找一个厨师不就好了？”

“都已经这个时候了，肯定找不到的。”现在已经是计划出发的前一天，也就是七月二十一日了。今天晚上，观月、小景、美嘉和由加里四个人要再碰一次面，做出最后的决定。“本来明天就要出发了，现在已经太迟啦。”

“不找新的成员，你们几个自己将就一下怎么样？”

“哎，什么意思？”

“你们几个将就着自己做饭不就好了？”

“那样不行的。”

“这要看你们怎么想啦，把它当成一个练习烹饪的机会也好嘛。买上烹饪教材和食谱，好好地和那里的厨房较量一番，怎么样啊？”

“说得轻巧，这种事没人愿意干的。”

“小加里去干不就好了。”

“为、为什么偏偏是我啊？”

“你们之中如果有人主动提出担任厨师一职的话，其他人也会安下心来高高兴兴地去合宿的吧？”

真的是这样吗？就算自己提出会好好研究烹饪，给大家做饭，真的会有人放心把这样的重任托付给我吗？单单是对饮食相当重视的小景，就一定会扯着哭腔抗议道“比起做由加里的试验品，我还不如去吃便利店的饭菜呢”。“如果我说出这话，情况可能反而会更糟哦”，由加里这样辩驳，但壹成却并不理会，最后也没讨论出个所以然来，两人就把电话挂断了。

这天晚上，由加里到了一家名为“Edge Up”，以留着大胡子的老厨师为看点的餐厅。这家店提供多个国家的美食，由加里和观月、小景、美嘉一起点了一份店里推荐的七月晚餐组合，搭配多种香槟的意大利烤面包片、鱼贝类的塔塔料理、加了深海小龙虾酱的意大利面、日式烤牛腰肉等食物连番刺激着味蕾。她们边吃边兴致勃勃地聊起这家餐厅老板的二公子还是三公子也是从安槻大学毕业的，好不热闹。

在此期间，由加里不时听到欧哥利屋也酒庄库克桃红香槟、路易侯德水晶香槟这样对她而言如同天书的香槟名。最懂这些的人是美嘉，之前明明还讽刺过小景是美食家，看样子自己平时也没少吃嘛。虽然没有秀子那么夸张，不过大家的家境其实都相当不错。由加里自己也没什么资格说别人，日常生活和购物的开销全部用信用卡付账，再把账单全部推给父母，自己从没受过没钱的苦。她们这群人去打工，不是因为工作本身让她们感到好奇，就是想借机拉近和某个男生的距离。

“好像总算找到了。”在大家大概吃完主菜，开始品尝饭后甜点的时候，观月向大家宣布了这个消息，“合宿计划的新成员。”

3

“啊？”正准备分果挞的小景、美嘉、由加里三人同时停下了手中的叉子。“找到去‘小假日’帮我们做饭的人了？”

“没错，羽迫学姐介绍的。”

“羽迫？”三个人互相看了看彼此，纷纷表示“不知道”或者“没听说过”。

“你们应该都不认识吧。我们入学的时候她已经毕业了。不过她又考取了安槻大学的研究生。”观月上高中的时候，这位羽迫学姐好像担任过她的家庭教师。“我们已经很久没见了，今天白天碰巧在学校碰见她，聊着聊着就聊到了‘小假日’。然后，她就说起她那里恰好有合适的人选，如果需要的话，可以介绍给我们认识。”

“所以，那位羽迫学姐不是你说的新成员对吧？”

“嗯，是她的朋友。嗯，姓什么来着，有点记不清了。名字好像叫千晓，好像也是安槻大学毕业的，和羽迫学姐一届。现在还没有固定的工作，是一名自由职业者。明天早上羽迫学姐会把那个人带到我们集合的地方的。”

“哎，已经决定让这个人加入了吗？”

“擅自决定，真是不好意思。不过毕竟是羽迫学姐主动提议的。”

“这倒没什么啦，不过……”小景边说边观察美嘉和由加里的表情，“你刚才说这个名叫千晓的人已经毕业了，也就是要比我们大上很多岁吧。让这样的人给我们做饭，真的没关系吗？”

“这一点我也很在意，所以反复确认过了。羽迫学姐说那个人完全不介意，让我们尽管放心。”

那就真是万事俱备了，由加里这么想道。美嘉和小景也是一副安心的表情，大家肯定都松了口气吧。尤其是由加里，她抚了抚胸口，像是在为自己不用在这趟旅行中进修厨艺感到庆幸。

第二天是七月二十二日，也就是“小假日”正式开始的日子。由加里提着装有换洗衣服等物品的行李来到集合地点——大学的停车场。到达停车场时，离约好的集合时间十点还有十五分钟，不过观月也已经到了。在她身旁停着从秀子那里借来的深蓝色露营车。小景不一会儿也到了，美嘉却迟迟没有现身。

十点快过五分的时候，一位穿着衬衫和裙裤的女孩朝她们走来，三股辫配上藏青色的袜子，显得很是可爱。大概是哪里的初中生或者高中生吧，不过她为什么会到大学的停车场来呢，就在由加里漫不经心地思考这些的时候。观月突然朝那个人喊道“羽迫学姐”，这着实让由加里吓了一跳。

“抱歉让你起这么个大早，还拜托你帮这么个奇怪的忙。”

“嗯，没关系啦。反正和我本人也没什么直接的关系。”羽迫学姐带着天真烂漫的笑容分别和由加里和小景打了招呼，这笑容不管怎么看都是标准的中学生式笑容。“而且那个人也说他反正没什么事，就顺便……啊。”她突然往上眺望，朝着观月她们身后的方向挥手。“哟嚯，这边这边。”

由加里转头一看，一个小个子男人正朝这边走来，边走边朝羽迫学姐挥手。这个人长得毫不起眼，见他第一面的人，大概在跟他挥手道别的下一刻就会忘记他那张脸。明明还很年轻，气质上却像是避世隐居，每天坐在廊子边品香茗、晒太阳的老者。羽迫学姐看来对他这种质朴的气质也很是了解，两个人难不成是男女朋友的关系？由加里继续思考着。嗯，这两个人看上去确实挺配的。

“我来介绍一下，这是匠仔。”羽迫学姐自然地挽住了男人的手臂。“这是鸠里观月同学和她的朋友们。”

“你们好，敝姓匠。”

“哎，你难道是……”小景也一脸好奇地来回看着他和羽迫学姐。“如果认错人的话，我先道歉。你是在‘I · L’工作吗？”

“是的。”他点了点头。“每周大概到那里打两三天工。”

“I · L”是大学附近的一家咖啡店，由加里也去那里喝过几次茶，这么一说之前好像确实在那里见过这个人。

“啊。”羽迫学姐敲敲额头，吐了吐舌头，“我倒把那茬儿给忘了。匠仔，打工那边没关系吗？十天都不去的话。”

“完全没关系，反正老板也是个对这种事不怎么上心的人。”

看着两人一来一回的对话，由加里不禁惊讶地叫出了声。她转头看向观月，观月也一样大张着嘴。

“抱……抱歉，羽迫学姐。”观月整个人身体前倾，她可很少显得如此狼狈。“难不成，这位就是千……千晓前辈吗？”

“嗯，请随意差遣他吧。别看他这副样子，做起事来还是很有一套的。”

“但是，他是男生……对吧？”

“当然啦。嗯？难道你们一直以为他是女生？是因为‘千晓’这个名字吗？哈哈，真是抱歉了。我再介绍一次好了，这是我的朋友匠千晓，如大家所见，是百分之一百二十的男生。”

“观月，你难道……”小景扑哧一笑，但她随即又觉得很不好意思，“你难道没有告诉羽迫学姐这次合宿只有女生参加吗……”

“啊，是这么回事啊？”羽迫学姐一副满不在乎的样子，和由加里她们的狼狈相形成了鲜明的对比，“不过没关系的，不必担心啦。这家伙简直就是‘人畜无害’的代名词。”她说着把手搭到千晓的肩上，嗤嗤地笑着，“万一他做了什么奇怪的事，只管告诉我，我会跟他女朋友报告的。到时候可有他好受的。”

也就是说，这个人并不是羽迫学姐的男朋友，就在由加里想着这些无关紧要的事情时，羽迫学姐说了一句“我还有事，就先这样吧”，就匆匆告辞了。

“嗯……”被独自留下来的千晓有些困惑地看着由加里她们。“如果各位有什么不方便的话，不然我也就此告辞了吧。”

“唔。请……请稍微等一下。”观月稍作挽留后，便拉着由加里和小景去了露营车的背面。“现在怎么办好？”

“怎么办？”小景看上去不想掺和这件事，脸上写满了困惑，“我不知道该怎么办，大家说怎么办就怎么办吧。”

“我、我也是。”由加里慌了神，“我们民主决定，少数服从多数吧。”

“喂喂，你们两个这样是讨论不出个所以然来的。要认真考虑一下才行啊。”

“那观月你是怎么想的呢？”

“如果大家觉得可以的话，我倒是没什么问题。”

“我也是这个意思嘛。不过不知道美嘉会怎么想——啊，对了！”

小景突然豁然开朗地拍了一下手，“交给她决定吧。嗯，美嘉怎么选，我就怎么选。”

“嗯，那我也听美嘉的好了。”嫌麻烦的由加里也顺着小景的话往下说。“美嘉说什么就是什么，我绝对不会多说半句闲话。”

观月虽然觉得不合适，但一时也想不到什么更好的方案，结果大家一致同意把决定权交给迟到的美嘉。当然，由加里她们都期待着美嘉能以一句“我最讨厌这种麻烦事了，大家都把这次的计划忘了吧”来中止这次的合宿。也就是说，她们期待美嘉能接受这个坏人的角色，以换得大家的解脱。

“啊，各位。抱歉抱歉，不小心睡过头了。”

开胸短袖上衣配上热裤，一身露脐装打扮的美嘉在约定时间的一小时后姗姗来迟。比起睡过了头，花了不少时间把脖颈处的红发编成纸捻一样的三股辫这样的理由更让由加里她们想狠狠吐槽。不过，现在不是做这种事的时候，她们向她介绍了千晓，又把最终的决定权交给了她。

“啊，就是这一位吧。”美嘉把一颗口香糖放进嘴里，握住匠仔的手，仿佛这是一件再自然不过的事。“千晓学长对吧？你好你好，久仰大名，今天终于见面啦。接下来就拜托你了哦。大家都怎么了，脸色好像都不太好。算了，大家都别在那里发呆啦，上车上车，人生可是转瞬即逝的哦，早点出发去‘小假日’吧，我们走咯——”

“就是这么一回事。”坐在“小假日”二层大开间地板上的由加里对电话那头的壹成说道，“美嘉简简单单地接受了局势的变化，我虽然很惊讶，但也不好说什么。既然说好了听从她的决定，就没什么别的法子了。”

“话是这么说。”听筒里冈本壹成的声音听起来仍有几分失落。“再怎么人畜无害，那家伙也是个男的啊。”

“不过，他看上去确实没那么强壮啦。个子小小的，有些弱不禁风。”

“即使看上去是这样。”壹成的声音还是透露出不安的情绪，差点让由加里笑出声来。“不过人不可貌相，那家伙到了晚上，说不定会变成狼人哦。”

“也有这种可能哦，不过我人都已经到这儿了，现在说这些也太迟了。”

“我明白啦。那么……”壹成的声音好像总算恢复正常了。“那个房子感觉怎么样？”

“还挺清静的。”

“唔，周围真的没有别的人家吗？一户也没有？”

“没有哦。从这里看出去，全是闲适的乡间风景。啊，我现在正在刚才说过的二楼跟你打电话呢。”

“这么说那个房间还真的挺适合拿来当绘画教室的嘛。”

“没错，二楼的正面和背面各开了四扇窗户。还有……”由加里好像听到楼梯上有脚步声，接着马上看到了美嘉的脸。“啊，抱歉。我得挂了，再联系。”

“在跟谁打电话呢？”美嘉眼睛放光地扑向正忙把手机收回化妆包的由加里，“啊，小加里的话，难不成是男生？是在跟哪个男生打电话吧？”

“是啦。”这个时候如果不承认，支支吾吾地说不清楚，免不了又要被纠缠一番。由加里耸耸肩，“是这样没错。”

“哦！是这样啊，之后记得详细说给我听哦。”

“你真会开玩笑。”

“喂喂，你们都聊了些什么啊？”美嘉兴奋地叫住了站起来正往楼梯方向走的由加里，“难道小加里已经想家了？”

“没错。如果我不想待下去的话，还可以让他开车过来接我，抛下你们一个人先回去。”

“嚯。对了，你男朋友开的是什么牌子的车啊？进口的？国产的？”

“进口的。”

“奔驰吗？”

“答对了。”

“哇。”

两人笑作一团，并肩下了楼，刚好听到观月朝大家喊道：“大家听好啦。我知道大家已经很累的，不过还是请大家先到食堂集合，我们需要开一个小会。”

由加里和美嘉来到食堂一看，千晓已经在细长的餐桌上铺上了一层桌布，又把不知道什么时候已经煮好的热水倒进小茶壶，泡了五人份的茶。虽然只是在咖啡店打工，不过他对这些事也已经相当熟稔了。“还挺靠谱的嘛。”美嘉轻轻在由加里的耳边说道。

“那么，”人齐了之后，观月主动承担了会议主持的工作，“从今天开始，我们预计会在这里待上十天。现在先分配一下大家的房间吧。”

“不过，不是没有多少选择吗？”空调的制冷效果好像太好了，小景双掌裹住水杯，看上去就像在借此取暖一样，“一共是一间主卧，两间客房。千晓学长一个人住其中的某一间，剩下的两间就由我们几个两两平分。是这样没错吧？没什么讨论的必要啊。”

“还是要讨论一下的。千晓学长怎么说也是特意跑过来帮我们做饭的，所以我提议把稍微宽敞一点的主卧让给他。”

“嗯，这里这里这里。”美嘉举起手，“我也有个提议。主卧就这样处理我没意见，不过两间客房能不能也用作单人间呢？”

“你在说什么啊？”观月显得很是惊讶，“这样做的话，还有两个人要怎么办啊？还不明白吗，这个房子里只有三间——”

“不止哦。”

“啊？”

“你看。”美嘉指指天花板，“还有二楼。”

“别说傻话了，那种大开间哪能睡人啊？”

“里面也有铺着榻榻米的地方啊。”

“不管怎么说，在那种地方睡不踏实的吧？”

“如果是一个人的话，确实睡不踏实。不过如果有两个人以上的话呢？”

“也是一样的。不行不行，我反……”

“我赞成！”正愁不知道怎么开口的由加里如获至宝，举手赞成美嘉的提议。她笑着对惊讶的众人说：“如果可以的话，我倒想去二楼睡。”

“为、为什么你也？”

“你们不觉得很让人兴奋吗？好不容易来到这种乡下地方，不是得尽可能多体验一些平时没办法做的事吗？普通的人家里肯定不会有那样的房间吧？我真的很想知道，在那么大的房间里打滚是什么样的感觉。”

“你这么说也有些道理。”观月对这一通发言显然有些准备不足，“大家有意见吗？”她抱着胳膊一一看向众人，却没有人有所表示，“那么，就按照你的意愿让你睡二楼吧。”

“除了由加里之外，还有没有人想睡二楼？啊，千晓学长除外哦。”

“总之。”观月站起身，闹着玩儿似的摸摸美嘉的头，“你想自己睡一个房间对吧？”

“对。”美嘉没有动弹，只是抬眼看看观月，轻轻一笑，“我想要自己的房间。”

“小景呢？比起两个人共用，你也想自己睡一个房间？”

“我倒无所谓，怎么都行。我不是很介意。”

“明白了。那么千晓学长睡主卧。两间客房分别让给美嘉和小景。”

“咦，那观月你呢？”

“我也到二楼去睡吧。当然前提是由加里不介意和我一起睡在二楼。”

“唔。”由加里好像不太明白观月的意思。房间那么大，两个人睡总是够的吧。“当然不介意。两个人一起的话，就不那么害怕了。”

4

“好，那就这么决定了。”观月从美嘉身边走开，做出拍手的动作，“谢谢大家的配合。大家请随意活动吧。”

“喂。我说，”衣着清凉的美嘉依旧在餐桌旁边转来转去，碰碰千晓的胳膊，“今天晚上我们吃什么啊？”

“对了，这个得问问大家的意见才行啊。”作势起身的千晓重新在椅子上坐好，“各位对今天的晚餐有什么要求吗？”

“说到要求的话，只要有肉就好啦。一定要有肉，肉肉肉肉。我想吃肉。”

开车来御返事村的路上，大家到一个大型卖场里采购食材，美嘉那时像有什么血亲之仇似的一个劲儿地把牛排堆放到篮子里。大概是回想起这一幕了吧，千晓很想苦笑。“明白了。今晚就做肉菜吧，如果大家有什么忌口的食物，还请告诉我一声。”

“我不吃鱼。”

“别这么任性了。”喜欢吃鱼的观月很是认真地教训起美嘉来，“大厨你就尽管做吧，我们什么都吃。”

“啊，说到鱼。”美嘉做了个青蛙的鬼脸，“来这里的路上好像有条河哦，要不要去那儿游泳啊？”

“不要。”观月没好气地说，“我根本连泳衣都没带过来。”

“哎，你没带泳衣吗？这可是夏天合宿的必备物品啊。不是约好了吗，我可是带上了。还是最近特地新买的分体式泳衣呢。”

“知道了知道了，那可真是太好了。”

“真拿大家没办法。不过，没带泳衣也没关系，大家早点到河边去吧。”

“不行不行，今天就先这样吧，已经很晚了。”

“什么啊，明明还不到四点嘛。”

“长时间的旅行过后，人的身体往往比自己感觉的还要疲劳，所以今天不能去河边玩。”

“啊，真无聊。”

大家撂下还在不停发牢骚的美嘉，依次离开了饭厅。由加里拿上放在玄关的行李上了二楼，观月跟在她身后。

“由加里，现在离吃晚饭还有一段时间，我们要不要先把被子和床褥搬到二楼？”

“嗯，好啊。”

打开楼下的储藏间一看，里面堆满了被子和床褥。这应该都是房子之前的主人老画师为了让学生在这里过夜准备的，把房子卖给秀子的爷爷的时候，又把它们都留下来，算是略表谢意。由加里和观月各自挑选了心仪的被子和床褥，搬到二楼。

“铺在哪里好呢？”观月又一次打量起二楼的大开间，“铺到榻榻米上？”

“观月就选自己喜欢的位置吧。机会难得，我想睡到房间的正中央去，一定很有趣吧。有种大海中的孤岛的感觉。”

“这样好像真的比较有意思。不过，我之前完全没想到。”

“没想到什么？”

“没想到由加里你还喜欢这种体验啊。如果是美嘉的话，我倒还多少能理解。”

“毕竟是暑假嘛。”由加里在开间的中央铺好被褥，露出微笑，“连我都被这种开朗奔放的气氛感染了啊。”

“说起来，你刚才在这儿和男朋友打电话来着呢吧？”

“哎，你、你怎么知道？”

“美嘉说的。”观月坏笑地看着慌乱的由加里，“太迟啦，现在大家应该都知道得差不多了。千晓学长恐怕都知道了。”

“真是的，那个长舌妇。”

“没什么不好的嘛，本来就是值得高兴的事。由加里你从冬天开始就有些消沉，现在这样不是很好吗？”

第一次被旁人指出这一点，由加里有些惊讶。平时已经很注意不把烦恼写在脸上了，但这种事情果然藏不住啊。

“我是真的替你高兴。对了，他是个什么样的人啊？”

“什么样？”

“你男朋友啊，还是学生？”

“不是，已经工作了。”

冈本壹成和由加里一样来自外地，是由加里的大学学长，现在在安槻当地的初高中一体制学校丘阳女子学园担任国文科讲师。他虽然没有详细解释过自己留在安槻的理由，不过由加里发觉大概跟他大学时加入的网球社团有不小的关系。她和壹成也是在那里认识的。

去年，还是新生的由加里加入了网球社团。同年秋天，俱乐部的一位女性顾问结婚，网球社团的全体学生都被邀请参加会费制的结婚宴会。由加里就是在那个时候见到了已经毕业的壹成。后来才知道，他既没有受到邀请，硬是进入宴会会场后，也没有缴纳会费。大家普遍认为，他是看中了网球社团女生众多这一点，想借机在宴会和之后的二次会上找机会搭讪才混入会场，此举最终激怒了新娘。其实，事实正如大家所言，由加里正是在宴会上被壹成发现并最终追到手的。

考虑到壹成的人品，大家原本就觉得他到女校当讲师的动机有些不纯。这种猜测未免带有太多臆断的成分，不过他留在安槻工作这件事，就多少给人一种他把事情想得太简单的感觉。他在网球社团时的女友现在好像也住在安槻，由加里认为，壹成大概抱有“留在安槻工作的话，会更方便和那位女友结婚”这样幼稚的想法。但两人最终分道扬镳，于是壹成就到结婚宴会上寻找这个计划的继任者。虽然没有当面向他本人确认过，但这个设想绝对有可能是事实。

如果要用一句话概括壹成给人的感觉，那大概就是：像小孩子一样幼稚，没有半点踏入社会的成年人的样子。毫不在意地开着和新老师身份完全不相符的新款奔驰，一点都没留意到别人暗地里已经觉得不满了。要是用自己的钱买的也就算了，这辆车偏偏还是壹成过年回老家时用自己那辆贷款还没还完的国产车从父亲那里换来的，真是令人咋舌。儿子虽然不像话，但家产丰厚的老子也脱不了干系。家庭教育的效果可见一斑，花钱毫无节制的壹成尽管相当富有，但还是从消费信贷那里借了不少钱。

“比起这个……”由加里甚至连壹成的名字都不想提起，迅速转移了话题，“观月你才和平时不一样呢。”

“哎，是这样吗？”

“我看你好像很在意那位千晓学长嘛。”

“才没有，你一定是误会了。”

观月干脆地否认了，由加里也不觉得她在撒谎。说实话，对于观月来说，这个名叫匠千晓的男生还真是没什么魅力。不过——

“不过……有点……”

“有点什么啊？”观月平时很少露出这样毫无自信的困惑表情，

由加里突然来了兴趣。“果然还是有点什么的吧？”

“嗯，不过不是千晓学长，而是给我们介绍千晓学长的学姐。”

“就是刚才见过的羽迫学姐？她怎么了？”

“我之前说过，高中时她曾经当过我的家庭老师对吧。然后，不知道从什么时候起……”

好像是没能找到合适的说法，说到一半的观月突然停了下来。由加里耐心等了一会儿，观月却依然眉头紧锁，没有重新开口的意思。

“……不行。”由加里最终等到的只是一声叹息。“清醒的时候反而说不出口。”

“好像还挺复杂的嘛。”

“嗯，是个有些微妙的问题。”

“那今晚说睡前悄悄话的时候，你再说给我听好了。这里都归我们了，我们可以尽情地在这儿打滚。”

“好啊，好像很好玩。啊，好久没有这种感觉了。不觉得很像修学旅行时候玩表白游戏的心情吗？”

“没错没错。”

两人坐在刚铺好的被褥上，看着窗外斜阳下的景色，继续有一搭没一搭地聊着天。真是不可思议，当初明明以为身处这样的大开间里，心情一定无法平静下来，没想到实际的感觉竟然这么好。虽然不能否认它也给人一种空虚感，但只要平静下来，这种空虚感也会向好的方向转变，变成一种让人轻松的奇异氛围。这么看，这个房子说不定还真是个意外的收获呢。

美嘉的到来很快佐证了这一点。看到有说有笑的两人，美嘉自顾自地撒起了娇："楼上好像很不错啊。那我也不待在楼下了，也在这儿睡好了。"

"喂，美嘉。"观月怒眼圆睁，"你那是什么打扮啊。"

"嗯？什么啊？"美嘉一边不断地拨弄头发，一边迅速扭动腰肢。这是她的常用姿势，既显得有些滑稽，又流露出满满的诱惑，连由加里都颇为惊讶。"如你所见，当然是泳衣啊。"

美嘉身上穿着一件紫红色的分体式泳衣，颜色鲜艳、剪裁大胆。她还颇为应景地戴上了墨镜，手里抓着一个倒有饮料的纸杯。完全是一副在热带地区度假时的打扮。

"你想干什么啊？"观月已经惊讶到了极点，"这个房子可没有配泳池哦。"

"我知道啊，但是你不是不让我去河边吗？所以我就想，哪怕只是营造出这么个气氛也好嘛。"

"要是只有我们几个也就算了，现在千晓学长也在哦。你这家伙。"

"有什么不好嘛。这是福利啦，福利！"

"你也得替我考虑考虑啊。千晓学长是通过我的关系介绍的，要是发生了什么不光彩的事，倒霉的可是我。"

"嗯？会发生什么不光彩的事吗？你是不是想太多了？"

"少说废话，快去把这身儿衣服换了。你不换，我来换。"

"知道了，我换就是了。那我再去披条浴巾。"

"不是这么换的啦。"

一番吵闹过后，太阳已经完全西沉，夜的帷幕随之落下。大家依次舒舒服服地泡过澡之后，便围坐在餐桌旁。晚餐按照美嘉的要求准备了牛排，配菜则是水煮马铃薯和香蒜烤吐司。

“哇，真豪华。”大喜过望的美嘉大口大口地吃着牛肉。“蔬菜也要好好吃哦。”千晓像妈妈一样地叮嘱道。他把芹菜、甜椒、芜菁、番茄、炒好的葱放到一起，用小火蒸熟，再加盐调味。这盆沙拉虽然看上去只是普通的家常菜，但味道清淡的蔬菜反而很是爽口，引得几个平常对吃喝颇为讲究的大小姐交口称赞。由加里也体会到这道朴素菜品的豪华之处，不禁为外面那些难吃的餐厅感到害臊。

“啊，好幸福啊。多来一点多来一点，我感觉还能再吃一份。”美嘉胃口大开，坐在她旁边的由加里也用刀把肉切成小块，还带着鲜血的肉汁渗了出来，让人直咽口水。但是，由加里正把叉子刺向肉块的手却在这时停了下来。

“请问，”由加里稍显犹豫，怯生生地对千晓说，“不好意思，可以帮我把这块肉再煮熟一点吗？”

“嗯。”正用高脚杯喝着啤酒的千晓连忙擦去嘴唇上的泡沫，“还是太生了吗？好的，请稍等一下。”

“怎么了，由加里？”嚼着香蒜吐司的小景脸上写满了怀疑，“我记得那块肉的生熟度对你来说应该刚好才对啊？”

“是这样没错，但是今天不知道为什么就是想吃熟一点的。”

“是喜好变了吧。”

“嗯，可能是吧。”

“其实，”美嘉在咕噜咕噜猛灌红酒的间隙还不忘插科打诨一番，“小加里该不会是怀孕了吧？”

“是这样的吗？怀孕的话就吃不了生肉了？”小景的表情顿时变得认真起来，“对了，美嘉，差不多该告诉我们了吧？”

“告诉你们？什么啊？”

“就是千晓学长的详细情况啊。”

小景的一句话让大家瞬间把视线都集中到了千晓身上。千晓刚喝了一口倒到高脚杯里的啤酒，被这突如其来的关注惊得呛咳了几声。

“我有什么好说的啊？”美嘉也显得有些困惑，“我没什么能告诉你们的啊，我和千晓学长今天也是第一次见面。”

“但是美嘉你今天早上在停车场的时候不是说了吗？你对千晓学长说了‘久仰大名’之类的话，总之表达的是这个意思。”

“嗯，这么说起来，”美嘉单手举着玻璃杯，微微歪着头，“虽然不太记得详细的情况，但那时我好像突然想起了什么事情。就觉得好像在哪里听过这个名字，这是为什么呢？”她说着毫不在意地手指千晓，“难道说，你是名人吗？”

“我和名人什么的一点关系也没有。”千晓以他特有的严肃神情摇了摇头，“简历上从来都写着‘无奖惩记录’，也不是哪一行的专业人士，不管怎么看我都是个普通人。”

“上过电视或者报纸吗？”

“一次也没有。”

“什么啊，原来只是我的错觉啊。抱歉抱歉。”

美嘉轻巧地一语带过，没有半点羞愧的意思。想必对此有所感叹的不止是由加里一个人。

吃完晚饭后，大家又在开着电视的饭厅里热闹地聊了一会儿。大家都主动提议——甚至美嘉也提议——帮千晓洗盘子，但千晓郑重地婉拒后，明显松了一口气的人却是由加里。自己本来就笨手笨脚的，掺和进去也只会成为累赘，别说把盘子洗干净，不把盘子打碎就已经不错了。

电视上开始播放这天最后的新闻节目时，由加里起身离席。一上二楼，才发现房间已经完全暗了下来。按下电灯的开关，广阔的空间又多了一层褪色的质感，和白天给人的感觉截然不同。

背后传来脚步声，由加里回头一看，原来是已经把长发扎起来的观月。“要睡了吗？”

“我只是想尽快适应这间房的夜间模式啦。”

由加里拿出自己带来的蚊香，把它立在从饭厅里拿来的茶托上，用打火机点燃螺旋圈的一头，蚊香独特的气味开始在房间里飘散。

“喔。”观月盯着由加里手里的东西，语气里流露出惊讶的情绪，“还真是老派啊，都这个年代了。”

“很有日本夏天的风情吧，当然了，也是因为现在这里没有蚊帐。”

“即使有，在这么大的房间里也没地方挂啦。”观月说着讶异地指向由加里手里的打火机，“由加里，你该不会——开始抽烟了吧？”

5

由加里没想到观月会留意到这样的细节。如果把火力调到最大，打火机倒也不失为一种有效的防身工具，但是现在应该怎么样替自己辩白呢？正烦恼的时候，楼梯上突然传来和刚才不同的嘈杂的脚步声，是美嘉。

“啊呀，两位该不会已经打算休息了吧？”

“倒也不是马上就要睡了。”

“那我们再喝一点吧，就在这里。好了好了，杯子已经有了。”

美嘉拿出一早就准备好的威士忌、冰桶和薯条等零食，在两人的枕边依次排开。三人坐在被褥上才刚聊了一会儿，就马上被二楼独有的氛围吸引住了。美嘉突然起身说了句“决定了，我也要睡这里，被子被子”，然后又匆匆忙忙地直奔楼下。

“真是的。”观月一脸嫌弃的表情，“那她刚才为什么坚持一定要有自己的房间啊？”

“算了，这样也不错。”由加里说了句违心的话，“人多热闹嘛。”

抱着自己的被褥回来的美嘉把三套被褥以枕头为轴心摆成一个Y形。

“所以是怎么一回事啊，”三人各自钻进被窝里躺好，吃着美嘉拿来的零食时，由加里突然向观月提问，“你刚才说到一半的那件事？”

“嗯，嗯嗯？”一口吞下杯子里威士忌的美嘉探出身子，“什么，什么啊？什么事？”

“真是不好意思。”观月摆出赶苍蝇的架势，“在你面前我怎么都说不出口，总之是一件很微妙的事。”

“喔，你这样我反倒更感兴趣了。到底是什么事嘛，啊，我知道了，是在说男朋友的事吧。观月，你也交男朋友啦？对吧，是这样么？好啦你就说嘛。”

“好热闹啊。”小景突然从楼梯探出头来，打断了美嘉的这一番吵闹。

“呀，小景。”

“你又在这里干什么？”看到见缝插针早把被褥铺到二楼的美嘉，

小景露出惊讶的表情，“刚才你明明还坚持想要自己的房间的啊。”

“别那么一本正经的嘛。好啦，小景也来这里睡吧。去把你的被子拿来嘛，去嘛。”

“哎？可、可是？”

“这才是真正的合宿嘛。”

大概是考虑到自己一个人住楼下的客房会很寂寞吧，小景最后也拿着自己的被褥上了二楼。被褥从三套变成了四套，形状也就从Y形变成了X形。就在这一番位置的变换后，由加里提出“能不能让我睡在这边呢”，然后就把自己原来靠房子正面窗边的被褥移到了房子背面的窗边。

“可以是可以，不过为什么要换位置啊？”跟她交换位置的观月显得有些不解，“两边好像没什么区别啊，还是说有风水之类的讲究？”

“关了灯之后，正面窗户这边的月光太亮了。”

“唔，是这么回事啊。”

重新钻进被窝躺好的这四个女大学生，真的像“聚首”这个词的字面意思那样，把头凑到一起热火朝天地聊了起来。

“对了，小观月。”美嘉还是保持趴着的状态，手脚却不停乱动，“说嘛，男朋友的事，说嘛说嘛。”

“都说了不是什么男朋友。看看你，别像个小孩子似的乱动了，蚊香快要被你踢翻了。”

“什么什么？”小景的眼睛也直放光，“观月也有男朋友了？什么时候的事？”

“不要随便把话接下去啦，我们只是说了些和羽迫学姐有关的事。”

“羽迫学姐……是谁啊？”

“你已经不记得了吗？”小景用手掌拍了拍美嘉的脑门，“就是把千晓学长介绍给我们的人啊。”

“之前我也说过了，高中时她担任过我的家庭教师，所以我和她几乎都是在家里见面。有一次，我突然在街上看到她。”观月从被窝里起身盘腿而坐，脸上的表情颇为神妙，“当时我是一个人，羽迫学姐好像和她的几个朋友在一起，她那几个朋友看起来也都像是学生。”

“男的还是女的？”

“男女都有，那里面……”说到这里，观月看看大家，压低了声音，“有一个闪闪发光的人，不过……”为了及时制止想要抢着发言的美嘉，观月又接着说道，“不过这个人不是男生，而是女生。”

“女生？谁啊？”

“一个姓高濑的人，不过这么说想必大家也不认识。因为她和羽迫学姐是同一届的学生，我们入学的时候，她已经毕业了。”

“高濑……啊。”小景手指抵住嘴唇，眼睛望着虚空，“观月，你说的这个人该不会是高濑千帆吧？”

“欸，你认识她吗？”

“虽然没有见过她本人，不过关于她的传言倒是听说了不少。”

“传言？”

“据说她是安槻大学历史上屈指可数的名人，把她的事情讲给我听的人称呼她为‘传说中的麦当娜’。”

“咦，她已经是学校的传说了吗？”美嘉惊讶得把口中的酒水呛了出来，“会不会太夸张了啊。”

“虽然我也不知道实际的情况，不过据说她长得非常漂亮。实际见过她的人在说起她的容貌时，都仿佛是在描述梦境一样。”

“是不是真的啊，这种留言就像传话游戏一样。同一件事在不同的人之间传来传去，芝麻大的事也能说得和西瓜一样大。”

“你这打的是什么比方嘛。”

“好吧，既然如此，”看到美嘉正用怀疑的眼光盯着自己，观月倏地站起来，在自己的行李里翻来翻去，“话都说到这份上了，就特别拿出来给美嘉你还有大家都看看好了。”

“看什么啊？”

“这可是我的宝贝哦。”

观月拿出来的是两张快照，第一张里的人是今天早上刚在停车场见过的羽迫学姐。好像是在大学的毕业典礼上拍的，照片里的羽迫学姐穿着松叶图案的和服和藏青色的裤裙，拿着装有毕业证书的纸筒，脸上挂着笑容。日式的发饰也和羽迫学姐很配，她散发出的天真烂漫的气息让人一时难以相信她已经是个研究生了。在羽迫学姐的身边，还站着另一个人。

“站在她旁边的这个人是？”

照片里这位身材修长的女性搭着羽迫学姐的肩膀，比羽迫学姐足足高了有一个头，两个人看起来像是要好的姐妹。她手上也拿着装有毕业证书的纸筒，但却没有穿和服，而是穿了一身衬托出苗条身形的黑色套装。乍一看好像和毕业典礼不太搭调，但却不可思议地给人一种有个性的高贵感。

“这就是高濑学姐，高濑千帆学姐！”

二楼的这间大开间忽然陷入沉寂，刚才的喧闹仿佛只是大家的错觉。美嘉不再咀嚼刚放进嘴里的薯条，而是死死盯着照片，就像要把照片吃掉一样。她的表情已经说明了一切。真漂亮啊。由加里也这么想道。真是个美女，不，美女这个词还不足以形容她。她给人一种清浊并包的印象，这种印象来自她全身散发出的高贵气质。

第二张快照上，和高濑学姐合照的人换成了一个高中生模样的女孩。剪得很短的娃娃头配上俗套的眼镜，大家过了好一会儿才认出那是观月。照片里她的打扮和现在判若两人，简直像对穿搭完全没有概念的乡下女孩，真的是太俗了，所以一向口无遮拦的美嘉会当场发出“真土”的感叹也算不上奇怪。照片里的观月身穿冈本壹成所在学校的校服。“咦，原来她是那个学校毕业的啊。”由加里的心情顿时有些复杂。

“当时除了羽迫学姐之外，我就不认识其他的大学生了。所以好像也没什么非要恬不知耻地跑去毕业典礼凑热闹的理由。”观月看着远方，动情地回忆着，“但那时我觉得说不定能在毕业典礼上遇到高濑学姐，就抱着这个想法过去了。然后，羽迫学姐介绍我们认识，这才有了这张照片。真是太好了。”

“身材……真好啊，好得令人难以置信。”美嘉自言自语的同时，嘴里传来“啪嗒”的响声，满嘴的薯条总算被咬碎了，“难道比观月你还要高？”

“嗯，大概吧。”

“我都有点怀疑她是不是日本人了，身材简直和超模一样。啊，可恶，这种时候就觉得老天真是不公平。虽然这么说很对不起观月，但我真的很希望她的性格能不像她的身材那么好。”

“确实，在远处打量的时候还感觉这个人可能很可怕，不好相处。但实际说过话之后，才发现她是一个温柔的人。”

“所以嘛，我这也是打个比方啦。这样一个看上去完美无缺的人，总得有一个明显的缺点才行啊？比如命途多舛、连遭不幸，或者肚脐突出，又或者长痔疮。”

“你这说的是什么跟什么嘛。”

“只是打个比方嘛。还有还有，别看长得这么漂亮，其实是个男的。总之，她一定得有一个异于常人，而且会让她面上无光的缺点才行。如果不这样的话，这世道也太不公平了吧！”

在由加里看来，虽然是在开玩笑，但和平日里的美嘉相比，这番讨伐未免有失水准。也许是意识到自己和对方的战斗力根本不在一个等级上吧，她从一开始就赤裸裸地表达了嫉妒的心情，未战而先自乱阵脚，以至于整个人都散发出一种无力感。这些表现恰好是她发自内心地欣赏这位高濑学姐的证据。对于向来喜欢插科打诨，从不轻易暴露自己真实想法的美嘉来说，这倒是通不寻常的发言。想必观月和小景也会同意这个观点。

“这么说，观月。”由加里像是刚从梦中醒过来，“你难道每天都寸步不离地带着这张照片吗？”

“当然啦。我刚才不是说过吗，这是我的宝贝。”

“哎呀，小观月，”美嘉又换回了平常的语气，“我以前就怀疑过你是不是好这一口，原来你的兴趣真的在那里啊。真头疼啊，美嘉我感受到了贞操的危机。要不我今晚还是到楼下去睡好了。”

“笨蛋，才不是你想的那样呢。而且，就算我的兴趣真的是那样，也不会想和美嘉这种粗鲁的女生做那种事的。我也有选择权的好吗？”

“咦，真过分。美嘉明明是这么可爱的一个女孩子。等你知道了我的好，可千万不要后悔哦。”

“哼，我才不会呢。”

直到这时由加里才发现，照片里高濑学姐的发型和眼前观月的发型有几分相似。穿着女校校服的观月就像没有对好焦一样一脸疲相，现在的她则是气势不凡。原来如此，她大概就是追随着照片里的高濑学姐一路走过来的吧。

“应该是你憧憬的人吧，”由加里的语气里流露出羡慕的情绪，“她是观月你的目标吧？”

“啊，嗯。没错，就是这样。不愧是由加里啊，简直是一语中的。我将来也想变得像高濑学姐一样那么完美。对了，这就是我的人生目标。不过，各位，以上其实都只是铺垫。”

“啊？”美嘉和小景同时失声惊叫，“你说什么？”

“其实这整件事都是从由加里的那个问题——为什么我好像对千晓学长特别在意——开始的。”

“啊，你这么一说，我好像也注意到了。不过，这位美女师姐和千晓学长到底有什么联系呢？”

“因为，”观月又向小景展示了羽迫学姐和高濑学姐的合照，“羽迫学姐是高濑学姐的朋友，据我所知，高濑学姐就没有多少关系亲密的朋友，要好的女性朋友大概只有羽迫学姐一个人。”

“嗯，所以呢？”

“另一方面，既然能这么爽快地介绍给我们认识，足以说明羽迫学姐和千晓学长也是很好的朋友吧？”

“应该是这样的吧。”

“也就是说，千晓学长也很有可能会通过羽迫学姐认识高濑学姐咯？”

“嗯，这一点也不难理解。所以呢，这又怎么了？”

“也就是说，万一我们对千晓学长做了什么失礼的事，这个情况也可能会辗转传到高濑学姐的耳朵里咯。没错吧。”

“等、等一下。我说观月啊，”这一次连小景也忍不住笑出了声，“你和这位高濑学姐说过话吗？当然了，拍这张照片时候的对话可不能算。”

“没有，拍照片之前没见过，之后也再没联系过。拍照的时候也只是互相打了个招呼而已。”

“而且这位高濑学姐从安槻大学毕业后又去了哪儿呢？”

“听说去了东京，现在在一个广告代理公司工作。”

“所以，现在她到底要怎么知道我们都在这儿干了些什么呢？即使知道了，她又为什么会对这里发生的事感兴趣呢？而且，照常理来说，她大概连你这个人都已经不记得了吧？”

“就算是这样。”观月少见地用充满怨恨的眼神盯着小景，“就算是这样，因果报应可是会随时应验的。你永远都不知道下一刻会发生什么，谨慎行事有什么不对嘛。”

“好了好了，真是的。”美嘉的语气里满是挑衅，“亏我还一直觉得观月是我们几个里面最酷、最成熟的呢，没想到也是个喜欢做梦的大小姐啊。”

“要你管。”

“咦，奇怪。”美嘉好像忽然听到窗外传来了什么奇怪的声响，皱起眉头，眼神飘忽地盯着半空。

“咦，不会吧。难道……”

“怎么了，美嘉。表情这么严肃，平时可不多见啊。”

“小观月，你刚才说这个女生的名字叫作‘千帆’对吧？”

“没错，千万的千，帆船的帆。”

“她不就是那个据说是女同性恋的人？”

“我也听说过这件事，不过羽迫学姐跟我说过事实不是这样的。”

“那果然就是这么回事了。”

“你到底想说什么啊，别卖关子了。”

6

“记得好像是在学校组织的联谊会上听过这样一个传说：很久之前，安槻大学这种穷乡僻壤也有过一位神秘的美女，她的名字就叫‘千帆’。”

美嘉语气沉着，和平时的她完全不同，由加里不由得被吸引住了，观月和小景也是一副被施了催眠术的表情。

“不过，她是个女同性恋。至少大学里的人都是这么看待她的，而且她本人也没有否认。事实上，因为她传闻中的恋人的名字乍看是个女生的名字，所以大家就完全误会了。虽然不清楚真假，但好像确实有过这样的事。”

“高濑千帆？她还有传闻中的恋人？”观月抓着自己关注的点不放，表现在行动上，则是抓着美嘉的手不放，“谁啊？到底是谁啊？”

“我也不知道，不过我刚刚也说了，那个人的名字很容易让人误以为是女生……"

"所以到底是谁嘛！"

"……千晓。"

瞬间的沉默之后，小景忽然说出了这个名字。虽然觉得很不好意思，由加里还是没忍住笑了出来。"什、什么啊。"观月也捧腹大笑。"我就不该问这个问题。"

"是真的哦。虽然不知道这个传言本身的真实性，但我是真的听说过这件事。所以今天早上在停车场见到千晓学长的时候，我才会突然把他和这件事联系起来。名叫'千晓'的男生，难道他就是……"

"不过我总算明白了，"观月没有理睬美嘉，"我总算明白美嘉的心声了。"

"什么我的心声？"

"你刚才自己不是说过吗，这么漂亮的人肯定得有什么重大的缺陷，不然就太不公平了。也就是说，美嘉你肯定很希望高濑学姐没什么男人运吧。绝色美女和庸俗丑男，这样的组合不是很常见吗？'活该，你也有今天啊。'你心里就是这么想的吧？"

"等等，你这么说对千晓学长也太无礼了吧。对了，他还在收拾吗？"

"没有哦。"小景朝美嘉摇了摇头，"刚才我见到他的时候，他已经一个人边喝啤酒边看电视了。"

"这样啊，那不然把他也叫到这儿来吧？"

"啊？为什么？"

"因为这样很对不起他啊，好像被我们孤立了一样。而且，观月，我们说不定还能从他那里听到更多高濑学姐的故事呢。”

“喂喂。”美嘉没理会观月的阻拦，咚咚咚地跑下了楼，不一会儿就拉着千晓回到了大家身边。他好像很困，不停地揉着眼睛。

“千晓学长刚才趴在桌子上睡着了，还一直打呼噜，哈哈哈。”

所以就别特地叫醒他，又把他带过来啊，在心里默默这么抗议的肯定不止由加里一个人。美嘉丝毫不理会大家责备的目光，让千晓学长直接坐到地板上，递给他一个杯子。

“掺水威士忌可以吗？”

“啊，真是谢谢了。”千晓半闭着眼，还是一副很困的样子，“谢谢。”

“我们观月从刚才开始就很在意千晓学长哦。”

“哪有啦。”观月拿起枕头扔向美嘉，“别说些没轻没重的话。”

大概是酒劲上来了吧，观月和美嘉开始无视其他人，自顾自地吵了起来。不过两人当然没有真的动气，一来一回的斗嘴更像电视上的漫才节目。由加里觉得两人应该还要吵上一阵，正想趁这时钻出被窝去上个洗手间，就在这时——

随着膝盖感受到的撞击，藏在枕头下的小刀倏地滚了出来，塑料制的刀柄撞到地板，发出的却是硬物互相碰撞时候的尖锐声响。有一瞬间，由加里直冒冷汗，觉得什么都完了。但她随即又觉得这时让大家看到这把刀也不完全是坏事。

“……由加里，”刚好坐在旁边的小景花容失色地拿起刀柄，“这是什么啊！”

“防身用的。”由加里尽量让自己的声音保证镇静，但她对此也没有多少把握，“最近一直带在身上。”

“防身用的？”暂时和美嘉休战的观月脸色大变，来回看看由加里和小景手上的小刀，“喂，带着这种东西，到底是什么意思啊……”

“之前没和大家说过，去年冬天，我被一个男人袭击过，从那时候起我就变得很小心。”

由加里语气淡然地说出了藏在心里的秘密，大家理所当然地陷入了沉默。

“啊，大家别这么在意啦。”由加里咯咯笑了起来，“不是什么大不了的事，那个人没有得逞啦。不过那件事后，我多少变得有点神经质。而且当时身上带的防狼报警器也一点用都没有。”

“去年冬天……”小景怯怯地把刀还给由加里，“说起来今年新年到春天的这段时间里由加里好像一直都有点消沉……难道也是那件事造成的？”

原来不只是观月注意到了那件事啊，由加里觉得有些羞愧。不过也不奇怪，自己的演技还没有那么好，迟早也是瞒不住的吧。想到这里，由加里带着一种如释重负的愉快心情点了点头。

“但、但是，小加里现在也交到男朋友了。”美嘉又大笑起来，她这种满不在乎的性格平常可能会被看作是少根筋的表现，却是现在的由加里求之不得的。“这不就解决了吗？啊，对了，千晓学长，方不方便把明天的菜单告诉我们？”

“啊，”突然被搭话的千晓显得有些狼狈，但他随即明白了美嘉的用意，“唔，嗯，是这样的。明天就做油炸沙丁鱼怎么样，先把沙丁鱼剖开调味，再烤……”

“喔，好像很不错嘛。”刚刚明明还说自己讨厌吃鱼的美嘉，这时夸奖菜品的气势可完全不像是在恭维，“还有呢？还有呢还有呢？”

“还准备做炸串，会多做一些鸡胸肉丸子，搭配鹌鹑蛋和虾，炸得脆脆的。”

不知不觉间，由加里已经被千晓一一报出的菜品深深吸引住了，想必大家也是一样的吧。刚才消沉的气氛突然被一扫而光，大家你一言我一语地说着“嗯，很期待哦”“这样一来，在这里待十天应该不成问题了”，又回到了平常的状态。

此后大家又自然而然地聊起了别的话题，时间不知不觉间就来到了午夜两点。

一时兴起喝过了头的千晓摇摇晃晃地走下了楼，大家也就此解散，各自就寝了。给空调定时的时候，小景说了句“这里果然还是太大了，心里老觉得不踏实，我还是到床上去睡吧”，被褥也不拿，就打着哈欠往楼下的客房走去了。

关掉电灯后，由加里她们三个又重新在被窝里躺好。最开始眼前一片漆黑，但逐渐适应了之后，月光的照射使视野变得相当清楚，简直把大开间变成了一个幻想中的小宇宙。清爽的微风则把蚊香的香气扩散开去。

“由加里。”是观月的声音。“你那边的月光好像比较亮哦。”由加里这才发现，月亮是从背面的窗户探出头来的。“怎么样，要不要换换位置？”

“不了，这边就挺好。晚安啦。”

“啊，晚安。”

由加里背过身，越过窗户稍微眺望了一下外面的夜空。虽然记不清是什么时候，但眼前的光景总感觉似曾相识。身体明明有睡意，心里却总是无法平静；外面天气明明正好，却不知为何总听到嘀嘀嗒嗒的雨声。

“不要……不要啊。”被逼到绝境的观月发出呻吟，“由加里……由加里会被吵醒的。”

“那种女人。”美嘉冷冰冰的低语声和她平时的语调大相径庭，让人一时无法分辨，“观月你喜欢那种女人啊？”

比起背后传来的黏糊糊的水声和对话的内容，美嘉直呼观月名字这一点更让由加里汗毛直竖。

“不……”观月不断地抽泣，由加里还从没听过她用这么尖锐的嗓音说话。“不……不是……不要……不要啊。拜……拜托……由加里会……”

“这么在意吗？她要是真的醒了，不是也很好吗？这难道不是个好时机吗，观月，你刚才原本是打算在这里出柜的吧？没错吧？我懂的，我都明白。你其实想和由加里做这种事吧……”

观月突然发出了带有金属质感的惨叫声。是梦，由加里意识到，这肯定是个梦。我现在太紧张了，所以才会梦到这种奇怪的事。

全身僵硬、冷汗直流的由加里身后不知什么时候安静了下来，她大概迷迷糊糊地又睡过去了一会儿。直到看到调成振动模式的手机上有一通新的未接来电，由加里才回过神来。来电的时间是凌晨五点，会在这种时候打电话的不是老家的父母就是壹成了。翻了翻记录，果然是壹成打来的，但再打过去时却打不通了。什么嘛。如果是重要的事，大概还会再打过来的吧。这么想着，由加里暂时放下了手机。

她起身看了看周围，窗外的天色已经开始泛白。身旁裹着毛毯的观月还在睡梦之中，美嘉也已经回到了自己的被窝里。那果然只是个梦啊，由加里不断在心里默念。所以，即使远处突然传来一阵像是汽车引擎排气管一样的响声，由加里也认定这不过又是自己的错觉。

蚊香几乎已经燃尽了，空调也停止了运作。三个女孩子的汗珠使室内的空气变得有些闷热。但明明是一个这么大的房间啊，难道烦闷的不是房间的空气，而是自己的心绪？虽然还没有睡够，不过整个人已经完全清醒过来了，由加里从被窝里爬出来，打开正面的窗户，清晨冷冽的空气涌入房间。她又打开背面的窗户，大开间一下子变得凉爽。

正准备伸个懒腰，再深吸一口新鲜空气的由加里忽然呆住不动了，她的眼睛死死盯住了背面窗户正下方的某样东西。她保持着这个姿势倒退几步。

“观、观月。”她来到观月跟前，伸手推搡还在熟睡的观月，“起来，快起来。”

“嗯？”是错觉吗，虽然刚刚醒过来，但观月的表情里有一种平常少见的慌乱。“怎么了？”

“外面有奇怪的东西。”

“嗯？是什么啊？”

“你先过来。你看，那里……”

观月走到面朝杂树林的窗户跟前，看向由加里手指的方向，顿时倒吸一口凉气，完全清醒了。

她看到的是一把钢质的梯子，尺寸很大，被架到了离窗户很近的地方，几乎一伸手就能碰到。难道是有什么人想趁天还没亮的时候用这把梯子潜入“小假日”的二楼吗？

“昨天，这里，”由加里下意识地握住了观月的手，好像在寻求她的保护，“没有这种东西的吧？”

“到底是怎么回事啊，”观月也下意识地搂着由加里，“难道是变态？要不然就是小偷……哎？”

“怎么了？”

“那个是……”

由加里顺着观月手指的方向望过去，顿时吓得直起鸡皮疙瘩，抱着观月的手更加用力了，但还是浑身发抖，迟迟无法平静。好像有人倒在杂木林中，由于视线受到遮挡，从房子里只能看到那个人的下半身，好像是个男人。而且，这个男人好像一动也不动。

“什……什么？怎么回事？”

两人依次叫醒还在睡梦之中的美嘉、小景和千晓，向他们说明了情况。睡眼惺忪的千晓知道情况后慌忙跑向玄关，只留下一句“我去看看情况，大家留在屋里”。

但是由加里却无论如何都安不下心，于是就跟着千晓出了门，观月也效法由加里跟了上去。小景和美嘉也连锁反应似的紧随其后。结果，所有人都离开了“小假日”，朝房子的背面进发。

一踏入杂木林，大家马上看到了男人的全身。他趴在地上，因此暂时看不到脸。不过从一头长发可以推断出他大概还很年轻。他身穿骑手套装，一个全护式头盔掉在一旁，不过周围却没有摩托车的踪影。男人的右手上不知为何拿着一个扳手。

千晓见怪不怪地拉过男人的手，查看了一下脉象之后说：“请你们哪位打电话给警察局和消防局。”

带着手机出来的由加里马上照指示拨通了电话："喂！"

"死……"观月低声呻吟，"已经死了吗，这个人？"

千晓点点头，默默伸手向男人的颈部。由加里这才发现地上有一团漆黑的像是血迹一样的东西。再往旁边一看，掉在地上的兰博刀的刀刃上也粘着红黑色的东西。

"也就是说，他是被人……刺中了？"

"现在还不能确定。总之，警察到达之前，大家不要乱碰这里的东西。"

由加里还担心警察到底要多久才能到达这样的乡下地方，没想到二十分钟左右之后，穿着制服的警官就出现了，应该是这附近警局的警察。不过，这位已经开始显出老态的警官显然没怎么遭遇过眼前的事态，在增援到达之前什么也做不了。等到穿着便服的刑警和鉴识人员到达现场时，天已经完全亮了。

"我是安槻署的平塚。"穿着衬衫，年纪大约三十岁上下的男人如此自报过家门后，径直走向大伙。"报警的是哪位？"

由加里举起手，向前走了一步。平塚警官的眼神刚和由加里对上，就马上越过由加里，直盯住由加里的正后方。由加里回头一看，站在那里的是千晓。

"抱歉抱歉。"平塚警官朝千晓招了招手，上前几步把千晓拉到自己身旁，说着些"好久不见""上次真是谢谢了"之类的话，这些简单的寒暄都传到了一旁由加里的耳朵里。

由加里她们几个无所事事地大眼瞪着小眼，在她们周围，鉴识人员来来往往，杂木林一带也被围上了写有"禁止入内"字样的黄色封锁线。

“……千晓学长，”小景拿眼角偷瞄了一下交谈中的两人，小声地说，“和那位警官认识吗？”

“好像是这样呢。”美嘉也是一副紧张的样子，“还说了什么‘好久不见’。”

7

一位穿着警员背心的鉴识科女警走向正和千晓聊得起劲的平塚警官，递给他一个塑料袋。平塚警官拿着这个塑料袋走向由加里她们。

“抱歉，从现在开始要占用各位一些时间，对每个人单独问一些问题。在那之前，我想知道你们之中是否有人知道那名死亡男子的身份？”

怎么可能知道呢，我们分明连那个男人的脸都没看到过。仿佛是看出了由加里的心思，平塚警官戴上白色手套，从塑料袋里掏出了一样东西。原来是一张驾照。

“唔。”平塚警官瞥了瞥被盖上薄布的死者，“名字好像是嶋崎丰树。”

“嶋……”四个女孩的声音在清晨的山间回响。“不会吧！”

“你们认识他吗？”

“他是我们……”观月作为代表回答了这个问题，不过因为太过惊讶，她有些支支吾吾，“我、我们常去的咖啡店‘Side Park’的店员。”

“私底下跟你们熟吗？”

“算不上熟吧，最多就是见到的时候能认出对方……不过，他为什么会……”

观月最后的这句独白也说出了小景、美嘉和由加里的心声。嶋崎丰树到底为什么会死在这里啊？

此刻，警察正在一楼的饭厅向小景问话。警察将分别向他们这五个尸体的第一发现人了解情况，其他四人此时则集中到二楼尽量远离杂木林的正面窗户旁待命。

楼梯上传来脚步声，大家都以为是小景结束问话正走到楼上和大伙会合，转过头一看，却是一个穿着衬衫、戴着眼镜的男人。男人还很年轻，发际线却已经节节败退。既然身处杀人事件的现场，想必应该是警方的人，但他的气质似乎和学校的研究室更相配。

“啊，您好啊，中越警官。”千晓连忙向他点头致意，“没想到会在这里遇到您。”

“上次真是多谢了。”这个叫作中越的男人说起话来果然和他给人的第一印象一样十分平易近人。“我们见面的地方总是很奇怪啊。”

“是啊，真是巧啊。莲实小姐的问话已经结束了吗？”

“平塚还在接着问呢……啊，你好。”中越警官转身对着由加里她们，随和地笑了。这和警察给人的一贯印象多少有些不同。“敝姓中越，是这个案子的搜查主任。等一下还要麻烦各位配合我们的取证工作，一大早的肯定辛苦各位了，不过还希望大家能多多协助。”他说着再度转过头对着千晓。“匠先生，不好意思，能借一步说话吗？”

中越警官把千晓带到角落，两人起劲地聊着些什么。准确地说，应该是千晓不停地说，中越警官认真地听。中越警官抱着胳膊，表情平和，时不时重重地点点头。由加里她们虽然听不到两人谈话的声音，但看这架势就能明白大概不只是一般的问话。

“那个人说他是谁来着？”美嘉随意地拉着观月 T 恤的袖子，用她一贯调侃式的口吻提问道，“搜查主任是什么级别啊？很厉害吗？”

“准确地说应该不是一个级别吧，我也不是很清楚。不过既然都叫‘主任’了，那应该很厉害吧。”

那果然只是个梦啊……由加里在一旁偷偷观察着观月和美嘉的互动，两人的表现和平时一模一样。观月充满领导气质，犹如这个小团体的保护人；美嘉则任性而奔放。两人的性格截然相反，互为对照，这种犹如母女的关系是绝不会突然脱离常轨的——由加里这样说服自己。所以，那种两个人好像都被另一种人格附身了一样的画面……不可能，不可能的啦。那肯定只是个梦，自己只不过是做了个梦。

“难道说千晓学长也认识那个主任？”

美嘉这种满不在乎的口吻，勉强还是能划入“可爱”这个范畴的吧。这个声音真的可能变成昨晚那种有施虐倾向的男人一样的声音吗？

“好像是的。”

一向沉着冷静，俨然成人模样的观月，有可能化身成那种毫无抵抗力的少女吗……

“他在警察那里还挺吃得开的嘛。啊，对了，小加里。”

“哎？”正在妄想与现实间的窄缝中逡巡的由加里突然被美嘉搭话，差点没回过神来，“怎、怎么了？”

“不打个电话给男朋友让他到这里接你回家吗？”

“啊。嗯。”经美嘉提醒，由加里也觉得这么做比较好，于是便取出手机。“不过，这样真的可以吗？”

“什么啊？”

“我们现在不是还在杀人事件的现场吗，这种时候……”

“只不过是向我们了解了解情况而已吧。”观月面有愠色，“我们只是作为事件的目击者被留在这里的。”

“那真的可以打电话咯？不会有什么问题的吧。”

“如果真的这么担心，”美嘉轻轻地抬起下巴，指了指正和千晓聊天的中越警官，“直接去问那个很厉害的人不就好了。”

由加里也觉得这样做比较妥当，她一边走近还在聊天的两人一边说：“不好意思，我想打个电话给我朋友，应该没关系的吧？”

“嗯。”中越的态度仍旧随和得不像个警官，“没关系的，请便请便。”

“谢谢。”由加里稍稍走远，拨通了壹成的电话，但却迟迟没有人接。虽然已经是暑假了，但学校还是开设了补习班，所以这段时间壹成还是得去学校上课。每年也就是这个时候经常会有上司约他下班后去喝酒，如果他昨晚也去应酬了的话，现在说不定还没起床。

“……喂。”终于传来了壹成的声音，但和平时轻佻浮夸的声调相比，他此时的声音冷淡得像是在故意克制自己内心的感情。果然还没起床啊。

“是我。对不起，我吵醒你了吧？”

“啊，是小加里啊。没有。”壹成迅速把声音切换到轻快的频道，反而更显冷淡了，“没关系啦。什么事？”

“抱歉，好像出现了紧急事态，把原计划都打乱了。所以我才想着要给你打个电话。”

“什么紧急事态？”

“这里发生了一起案件。而且，好像还是杀人案……”

“杀……喂。”本想一笑置之的壹成突然反应过来，当即破音，听起来像打嗝一样，“喂喂，小加里。”

“我没有开玩笑啦。”壹成慌张的样子让由加里觉得有些开心。即使并不觉得有多害怕，她还是努力让自己的声音听起来充满恐惧。“今天早上起床的时候，我发现洋楼背面的杂木林里躺着一个男人。没想到那个男人居然已经死了，喉咙被刀割破了。我吓坏了，赶紧报了警，现在警察已经到了。”

“警察到那里了？”

壹成的语气变得更奇怪了。除了慌张和困惑，现在还加上了戒备心一类的东西。他的言外之意好像是想说“所以你这家伙到底打给我干吗啊”，但如果真的这样问，容易一下子就被对方抓住话头提一些不合理的要求，所以暂时还是保持沉默。总之就是一副不想和这件事扯上关系的样子，这是典型的壹成的反应，和由加里的想象没什么出入，所以她也不觉得有多惊讶。

“是啊，我接下来也要去录口供，配合警方调查。”

壹成对这句话毫无反应，沉默持续了相当长的一段时间，最后的回应却是抱怨一样的自言自语。

“……之后会怎么样呢？”

“什么会怎么样？”

“你们几个会暂时留在那里吗？还是……”

“这我也不太清楚，毕竟是第一次碰到这种事，不知道接下来会发生什么。不过既然发生了这样的案子，很抱歉，之前约好的事就先取消了吧。”

“啊，是这样啊。”听到这儿壹成才明白由加里特意打电话给自己的原因，他审时度势地换回了平时打电话时的语气，“什么啊，原来是那件事啊。好啊好啊，那个不成问题的啦。”

“说起来，今天早上是怎么了啊？”

“哎？”壹成的声音好像又变尖了，“什么啊？你在说什么啊？”

“今天早上五点你给我打电话了吧？不是有什么急事吗？”

“你在说什么啊，没这回事，是小加里你的错觉吧。”

由加里打个哈哈，把壹成有些过度的反应对付了过去。他大概在外面有了别的女人吧，由加里想。今早的那通电话其实是要打给那个女人的，没想到却错打到我的手机上了，所以才慌慌张张地挂掉。应该就是这么回事儿。

“那我差不多要去上班了。”

壹成急切地挂断了电话，本来以为他会在更改约定的时候多纠缠一会儿的，也许他也觉得有些过意不去吧，一下子就答应了。这对于由加里来说倒是帮了个大忙。

“什么啊，小加里。”美嘉好像一直在旁边留意由加里的通话，她一边嗤笑一边走近由加里，“是和男朋友的约会吗？”

“唔，嗯。”

美嘉伸手碰了碰由加里。虽然这一下和平时没有什么两样，由加里的心里却已经不再平静。一想到美嘉的这双手可能造成了昨晚黑暗中观月的抽泣，由加里的背上就犹如有电流窜过……

“嗯？怎么了，小加里？”

“唔。”想接着用一句“没什么”蒙混过关的由加里突然一闪念，条件反射似的拨开了美嘉的手。她的耳中仿佛传来了观月啜泣的声音。

“怎、怎么了吗？真的没事吗？”美嘉有些困惑，“脸色看起来好差啊。”

“没、没什么，真的没什么……”

难道说……由加里好像瞬间明白杀死嶋崎丰树的凶手是谁了。虽然只是没有根据的猜测，但越想就越觉得没有别的可能。不过等等，现在就把话说死还为时尚早。因为还有一个重要的地方没搞明白，那就是动机。为什么这个人要杀死嶋崎丰树呢？再说了，嶋崎丰树为什么会到御返事村来呢？

要摒弃先入为主的观念——由加里这样告诫自己。但是，如果自己的猜测没错的话……由加里碰上了这个让她绝望的问题，忽然感到一阵眩晕。真到那个时候，自己能把凶手供出来吗？自己真的有勇气这么做吗？还是做不到的吧，做不到。一点儿自信也没有。

“怎么了，由加里？”观月也有些担心地走过来，“脸色很糟哦。”

“是啊，观月也是这么觉得的吧？”

“没什么。”由加里拼命抑制住想哭的冲动，向后踱步。虽然知道自己的举动只会加倍引来两人的怀疑，但她眼下也没有别的办法了。真的好难受。“没什么，真的……”

小景这时恰好回到了二楼，现场的气氛为之一变。由加里松了口气，美嘉第二个被叫到楼下。中越警官好像结束了和千晓的秘密谈话，跟在美嘉身后悠然地下了楼。

“……难道她，”小景沉默地摘下眼镜揉鼻梁的时候，冷不防地说出了这么一句话，“知道事情会变成现在这个样子？”

“嗯？”刚才还担心地看着由加里的观月转头看向小景，“什么意思？”

“秀子啦。”

“秀子怎么了？”

“为什么她会在合宿的紧要关头宣布自己临时有事不能参加呢？我一直觉得有些不能理解。”

“这有什么不能理解的，不就是因为有别的要紧事，实在无法分身吗？这也是没有办……”

“明明在放暑假，到底有什么事情这么要紧呢？而且，在这么短的时间里，真的会有什么事重要到让她不得不取消和我们这几个好朋友早就定好的计划吗？”

“这我们就不知道了。也许是家里发生了什么变故……”

“如果是这么重大的事，我想她应该会跟我们解释清楚的。但是她却只是拿出了一个含糊不清的理由。”

“她那时候确实是有些唐突。不过，你到底想说什么呢？”

“我想说的是，秀子会不会提前知道这里会发生这样的事，所以才会急匆匆地退出合宿……”

由加里大吃一惊，下意识地转头去看观月。不安的情绪在几个人之间蔓延。

“等等，小景。你说她提前知道了？那是什么意思啊？为什么会提前知道……”

“我也不清楚，但就是突然有了这种想法……”小景回过神来，慌慌张张地开始为自己辩解，“抱歉，说了这些奇怪的话。你们把我刚才说的话都忘掉吧，好不好，忘掉吧。拜托了。”

即便如此，焦躁感也丝毫没有减少。小景虽然为自己无凭无据的揣测深深自责，不断表示要收回刚才说过的话，不过大家很快就会知道，她的推测虽然不是完全正确，但也差得不远。由加里一行的调查问话在晌午时分结束，秀子本人恰好在这个时候赶到了御返事村。身为“小假日”的主人，她当然也需要配合警察了解现场的情况，不过和她联系的警员一开始似乎是想直接到她家里拜访的，她却主动提出要到御返事村来一趟。

下午两点刚过，秀子的调查问话也结束了。她马上来到由加里她们所在的二楼开间，由加里刚注意到此时的她失去了往常那种从容不迫的神采，她就用和她的大小姐个性最不相称的深鞠躬做出了回应。

“真是对不起大家了。”秀子道歉的声音也显得有气无力，“没想到会发生这种事。是我的安排不够周全，都是我的错。”

“唔。”可能是因为刚刚说过怀疑秀子的话，小景此时就像几个人里选出来的发言代表一样发问了，“到底是怎么一回事？”

8

“解释起来可能需要一点时间，不好意思，我从头开始说明吧。一开始……”

“各位。”刚才一度离开二楼的千晓这时又重新出现，用慵懒的声音打断秀子，“抱歉打扰了。我想大家应该都很累了，都请到一楼的食堂稍作休息吧。我泡了茶，如果各位需要的话，我还准备了简单的点心。”

千晓的建议让大家意识到自己起床后还什么都没吃过。“咕噜”一声，某个人的肚子也配合地发出响声。美嘉挠挠头示意这响声来自自己。于是所有人都接受了千晓的建议。

下楼的时候，众人闻到一阵好像橄榄油炒大蒜的香气，由加里的肚子也毫无预兆地咕噜咕噜叫了起来。“哇，是烟花女意面吧。”美嘉一路小跑到饭厅里。这是一道以番茄、红辣椒、续随子、凤尾鱼等为原料，再配以黑橄榄油、黑胡椒进行烹调的料理。

“你看看你。”观月用责怪的眼神看着从冰箱里取出啤酒的美嘉，“一大早就这样，而且还是在现在这种时候，真是没规没矩的。”

“你在说什么啊，就是这种时候才要喝酒啊，不然怎么撑得下去。”

于是，大家也都理所当然似的把千晓准备好的茶晾在一边，喝起了啤酒。也许啤酒和辣味的意面比较配吧。和千晓才刚刚见面的秀子也不断发出“哇，好好吃啊”的赞叹声，好像已经把刚才的阴霾抛到了脑后。

“其实，”大家吃过饭再次聊起来时，秀子和刚才换了个人似的恢复了轻松的神色，“从今年春天开始，我就一直收到奇怪的信。”

“奇怪的信？”

“简单地说，就是有人仔细地观察了我每天的一举一动，再事无巨细地写了下来。”

“那真的好奇怪啊，信是谁写的？”

“这我就不知道了。信都是手写封好口后寄过来的，没有署名。”

“那就是跟踪狂了？”

“嗯，可以这么说。不过既没有电话，也没有实际接触，只收到过这个人寄来的信。现在只能暂时把这个人称为‘怪信跟踪狂’了。”

升上二年级的前后，秀子每周会在家收到两三封封好口的信。每封信都用同样的笔迹写着“伊井谷同学，你今天在哪里哪里的店里买了某样东西，看了某部电影，见了某个人”之类的内容，简直就像每天都跟在她身后一样。

最初秀子只觉得恶心和害怕，但她渐渐注意到，信里的内容有些是对的，有些却并非自己的所作所为。她开始认为这些信不过是在虚张声势，寄信人可能只是一厢情愿地想写一些观察日记类型的文章，并不会对秀子提什么奇怪的要求。如果不去理会的话，对方慢慢也会厌烦，寄信的事很快就没有下文了。这样判断之后，秀子就不去理会这些信了。

“这次定下‘小假日’计划之后，马上就有信寄到我那里了。笔迹虽然还是和之前一样，但是，怎么说呢，字里行间的语气和之前收到的任何一封信都不一样。”

寄信人在信中明确写道，秀子会和朋友一起在御返事村逗留十天，具体是日期是七月二十二日到七月三十一日。

“那家伙到底是通过什么方法知道这件事的啊？”

“就是这一点，当时我怎么都想不通。”秀子朝观月点点头，身体还在不住打战，“我当时好害怕。而且，从这封信开始，原本观察日记式的来信内容也发生了变化。”

“变成什么样了？”

“变成了自言自语一类的东西。不再写具体的事情，有的只是一些非常抽象，甚至有点自恋的文字。总之就是一条一条地写自己是如何敏感、如何容易受伤、想找到怎样感觉的女性拯救自己于水火之中。而他的这些需求又都跟他在这之前写下的观察日记式信件里的我一一吻合。当然了，这些描述里包含了部分他对我的想象和臆测。”

“啊，真受不了。”

“我也开始嗅到一点危险的气息了。一开始收到信的时候，我会在读完后马上扔掉。后来一想到万一发生什么事，这些信可以在报警时作为证据，才开始有意识地把收到的信保存起来。”

“所以，”观月落寞地抱着胳膊，“为什么不早点把这件事告诉我们？”

“我不知道对方打的是什么主意，也不知道信会一直寄到什么时候，所以不想给大家添麻烦。但随着信中的遣词用句越来越没有分寸，我也越来越不安。毕竟是这样的穷乡僻壤，万一真的出了什么事，附近可没有求助的去处。这样一来，我更觉得是不是直接取消合宿计划比较好。但如果我直接提出取消计划的话，大家又一定会追问原因吧？”

“嗯，当然会问。”

“其实，我只要说一声自己有急事就可以把这事对付过去了，最多就是给大家造成一点不必要的担心而已。当然，我也考虑过，如果只有我一个人退出的话，合宿计划还是可能会照常进行。所以……”

“啊，难道说早栗同学之所以会在紧要关头退出，也是因为你？”

“没错，我偷偷拜托她也和大家说自己去不了了。我以为如果给你们做饭的人去不了了，那合宿计划就只能取消了。”

“但我们却又给你添乱了。”观月叹了口气，“带上了千晓学长。”

“这我确实没想到。”

“所以那个时候，就是我向秀子你借车的时候，你把整件事的来龙去脉通通告诉我不就好了？”

“我也考虑过索性把整件事都告诉你。不过，说到底怪信跟踪狂的目标只是我一个人。既然他对合宿的安排了解得那么清楚，想必也知道我已经中途退出了吧。所以我想这样一来他应该就不会专程跑到御返事村来了，为了不给大家添麻烦，我就……”

“你说‘他’，”千晓突兀的插话让秀子的发言结束得有些尴尬，“所以你已经查明寄信的人是男性了吗？”

“没有，我当然没办法确定。不过一般来说就是男人寄的吧，那些信里的话那么粗俗无礼。而且，对我这样一个女生，他还有一种异常的执念。”

“也有人会对同性抱有执念。”

“话是这么说，但这也只是理论而已吧。重要的是，这次杀到御返事村来的人就是男的啊。”

“所以，秀子。”观月揉了揉太阳穴，“你认为嶋崎先生就是给你写信的跟踪狂吗？”

“警察联系我之前，我对这个怪信跟踪狂也完全没有概念。不过根据现在的情况，我只能得出这个结论了。旁证也不少，这次合宿的安排我们是在‘Side Park’商量的，那个时候为我们点单的正是嶋崎先生，他完全可以借机偷听，了解我们的整个计划。还不止这样，我是在学校的食堂里告诉你们我要退出合宿的，所以那个时候不在场的嶋崎先生就不知道我已经退出了，所以才会跑到御返事村来，这符合现在的实际情况。而且，如果嶋崎先生不是怪信跟踪狂的话，他为什么要特地骑着摩托跑到这种鸟不拉屎的地方呢，这根本说不通嘛……”

“等等。”小景面有愠色，“秀子，你刚才是不是说过‘会发生这种事都是自己的责任’一类的话？”

“嗯，我是这么说过。”

“我不是想在你的话里挑刺，不过，你觉得你具体应该负什么责任呢？”

“这不是明摆着的吗，如果我把事情一五一十地告诉你们，把合宿计划整个取消的话，嶋崎先生也许就不会到这种地方来了。所以，他也就不会……”

“如果我们不来这里的话，嶋崎先生也就不会来这里。所以他也就可能不会被杀了，你是这个意思吧？”

“嗯，就是这个意思。”

“所以你的意思是，杀害嶋崎先生的凶手就在我们几个人之中咯？”

由加里内心咯噔一下。她在心里制止着自己，眼睛却还是忍不住转向了观月和美嘉。她们也正斜眼瞟着由加里，注意到她的视线后也慌忙把眼睛移开了。

“啊……等等，我怎么会……”从秀子手足无措的样子看，她真的不是话里有话。脸上的困窘瞬间转化为一股无名火，秀子的眼睛里少见地泛起了血丝。“等一下。你的意思是，我是专程赶到这里用这样一番话来怀疑你们的？”

“可、可是……”被秀子的三角眼一瞪，小景的气势顿时消了大半，“可是，听起来确实像是这个意思嘛。”

“抱歉，是我的表达不太恰当。”应该是内心的怒火还没有平息吧，秀子一边说着道歉的话，一边却猛敲桌子，站起身来，“总之，我只是在后悔当初不应该犹犹豫豫的，就该当机立断把合宿计划取消。我想说的真的只有这些。”

“不过，你为什么会那么想呢？”托腮做思考状的美嘉似乎对这个话题很感兴趣，她不顾秀子的反应，接着向小景发问，“你觉得我们这几个人会有杀害嶋崎先生的动机吗？”

“没错。”观月也用力点了点头，“我反正只在咖啡店见过他，除此之外对他一无所知，也没有和他私下聊过天。”

“这种事别人怎么知道嘛。”小景从刚才开始就有一种被大家围攻的感觉，这下终于爆发了。她也瞪着观月站起身来。“你说你和被害人私底下没有交集，但这也只不过是你的一面之词吧。别人怎么知道你说的是不是真的。而且，极端点说，这次的事件和有没有动机根本没什么关系。”

“哪能下这种毫无根……”

“你忘了嶋崎先生跟踪秀子这件事了吗？他之所以专程来到御返事村，是因为他以为秀子就在这里。所以，他很有可能把身处这个房子里的某个人——具体地说，就是我们四个人之中的某一个——错认成秀子了。”

或许是觉得小景说得有道理，又或者是感受到了观月责备的目光，秀子又坐回了椅子上。小景稍微停顿了片刻，看清周围的形势后，也坐下继续推理。

“虽然不知道嶋崎先生把谁错认成了秀子，不过他应该是想要对她使坏，没猜错的话，他就是用那把最后变成凶器的兰博刀威胁她的吧。”

“就算是这样，但威胁的时候他总能注意到自己认错人了吧？”

“如果周围刚好没有灯光，一片昏暗的话，也有可能认不出来。还有一种可能是，就算注意到了自己的失误，但拿出来的刀可没那么容易收回去。总之，面对嶋崎先生的步步紧逼，惊慌失措的她在抵抗时碰巧夺下了嶋崎先生手中的刀，然后来不及思考就猛刺了过去……”

“如果是这样的话，应该属于正当防卫。”

“对，所以要把这种可能性也考虑进去。如果事情真如我刚才描述的那样，有没有动机根本无所谓。没错吧？我的说法有什么问题吗？”

包括秀子在内的四个人都陷入了沉默。由加里一时无法判断，这是因为小景的推论有理，还是因为小景的气势逼人，又或者大家只是觉得太过执着于秀子那个无心之失的小景有些可怜。

“逻辑上虽然没什么问题……”作为旁观者的千晓打破了这种滞重的沉默，“但我想这起事件的真相应该不是这样的。”

“你说什么？为什么啊？”

“因为如果你的推断成立的话，嶋崎先生的尸体应该会在这个房子里被发现才对。”

“啊？”

其他人不安地来回看着千晓和突然大张着嘴的小景。

“想对秀子小姐使坏也好，想对其他人使坏也罢，嶋崎先生都必须先偷偷地潜入这所房子才行。”

“这个不用说我们也知道。”小景焦躁地抬手指了指饭厅背面的窗户，“那里架着一把梯子。他一开始就打算溜进来了，所以才会特地准……”

“带着梯子过来的人不是嶋崎先生。”

“嗯？”

由加里顿时被这句话吓得不轻，不只是她，小景和秀子好像瞬间也忘记了刚才的不愉快，直愣愣地看着彼此。美嘉自不必说，即使是观月也掩饰不住内心的惊讶。

“为、为什么……为什么你这么肯定？”

“虽说最后还是要以警方的说法为准，不过我大概可以肯定梯子不是嶋崎先生带过来的。总之，我们暂且把这次的事件定性为正当防卫吧。所以杀害嶋崎先生的人就是鸠里小姐、鲸伏小姐、莲实小姐和野吕小姐中的某一位了。根据这个前提，杀人的现场不可能在房子外面，嶋崎先生一定是在这个房子里被杀害的。没错吧？”

9

“但、但是，”明明觉得千晓的前提足够合理，小景还是想要挣扎一番，“在房子里被刺中的嶋崎先生，也有可能忍痛逃出去，然后在途中因为体力不支而倒地毙命啊。这种可能性……”

“不可能。”

“连、连这个你都能肯定吗？”

“因为血迹。”

“血迹……”

“嶋崎先生是被兰博刀割破了喉咙，虽然详细的分析还要等待警方的尸检报告，但根据发现时尸体的情况基本可以判断嶋崎先生在被刺中后是立即死亡的。如果他遇刺的地点不是杂木林，那其他地方一定会留下大量的血迹。但是，虽然现阶段好像还没有做鲁米诺反应这样精密的勘查，不过至少在尸体周围也没有发现什么血迹。所以基本上可以断定，杀人的现场就是那片杂木林。”

由加里被千晓不慌不忙的叙述折服了。不只是她，其他人也像被邪灵附体了似的听得入了神。为什么和自己一样只是普通市民的千晓会分析得这么头头是道呢？她们内心大概都有这样的疑问，但此时却没有一个人能把这个疑问说出口。

“那……那么，”小景已经完全呆住了，“这起事件应该不只是单纯的正当防卫吧？可以这么理解吗？”

“这就是警察要负责调查的事情了。”千晓不知为何兜起了圈子，“我能确定的一点是，只凭我们这些外行在这里东一榔头西一棒槌地分析，是得不出什么结论的。”

“如果不是正当防卫的话，那就是说我们中的某个人可能拥有充分的杀害嶋崎先生的动机咯？你是这个意思吗？”

由加里觉得小景开始逞强了。她打心底里认为，不管出于什么动机，包括自己在内的这几个人都不可能是杀人凶手。随着讨论的深入，她越来越执着地想要排除掉这种可能性。

“如果我们只是单纯地讨论可能性的话，一时半会儿肯定说不完。我们再怎么讨论也没什么实际的意义，所以我才说不如把这些可能性都交给警察这样的专业人士鉴定。”

“我也很想知道那些专业人士的看法。警察是怎么想的啊？千晓学长好像和警方的人很熟嘛，能把他们的想法告诉我们吗？”

千晓起身从冰箱里拿出啤酒，把金黄色的液体倒进小景面前的高脚玻璃杯中，稍待片刻后才缓缓地说道：“可以请你保密吗？”

他又抬头看着其他人，发出了同样的请求：“也请大家保密。”

几个女孩互相看看彼此，好像是在等待某个人能够代表大家答应千晓的要求。但即使是刚才还相当活跃的美嘉也陷入了沉默。

“……我想知道的是，”由加里被一股连自己也不明所以的冲动驱使着，“我们现在有没有被怀疑。我只想知道这一点。”

“照现在搜集到的资料看，”千晓忽然开始收拾桌上用过的碗碟，这个举动和现场的气氛似乎有些不合，“杀害嶋崎先生的很有可能是他的同伙。”

“啊？”千晓的话实在太过出乎意料，由加里发狂似的叫出声来。其他人也目瞪口呆地看着彼此。“你说……同伙？”

“在离这里有段距离的河边发现了一辆摩托车，这辆摩托车的主人是不是嶋崎先生还有待确认。不过可以肯定的是，他就是骑着这辆摩托车到的这里。他穿着骑手套装，戴着全护式头盔，很难认为摩托车和他没有关系。所以……”

“所以？”

“问题就在于是谁把梯子搬到这里来的？”

“刚才好像也说到了这个问题，不过为什么能断定把梯子带过来的人不是嶋崎先生呢？”

“是尺寸的问题。”

“哎……尺寸？”

“太大了吧？即使梯子能折叠，只靠一个人一辆车还是不可能把它运过来。”

“这种事情我怎么知道！”美嘉最终把这句话憋了回去，只是轻轻地摇了摇头。嘴角的微笑甚至带着点赞许的意味，这在她身上可不常见。

“虽然不能完全否认徒步搬运的可能性，不过用皮卡之类的交通工具把梯子搬过来的可能性还是要大得多。这样一来，嶋崎先生一定得有一个同伴才行。又因为他们两个人不可能是刚好在这里碰上的，所以他们一定是互相帮助的同伙。”

“互相帮助……”由加里不知为何有种奇怪的感觉，“是指在跟踪的时候，互相帮助吗？”

“比方说，如果嶋崎先生的目的是绑架伊井谷小姐的话，那有个同伙也不奇怪吧？”

“绑架……”

“也许是想把伊井谷小姐拐走，再向她的家人索要赎金。”

原来如此，由加里顿时想通了。原来还有这种可能啊。确实，对于希望通过绑架捞上一笔的人来说，大地产商的女儿秀子是一个再合适不过的目标了。嶋崎丰树的目的很可能就是一笔数额不小的赎金。只不过……

“同伙也不一定只有一个人。如果他有几名同伴的话，那就可能是在下手之前，团队内部出于某个原因先起了内讧。”

“结果嶋崎先生被杀掉了？”

“这也只是其中的一种可能而已啦，警察的调查才刚刚开始呢。”

杀死嶋崎丰树的是他的同伴？如果这个假设是正确的，那由加里的设想就是错的了。虽然一切都还不明朗，不过由加里多少把提着的心放了下去。

“对了，大家现在怎么办呢？”

“怎、怎么办？”几个女孩都显得有些困惑。“什么怎么办？”

“合宿啊，还要照原计划进行下去吗？警方说已经确认过你们各位的身份了，没什么问题，想走的话随时都可以走。因为之后可能还需要大家的协助，所以大家把住所的信息写清楚就好了。”

千晓就像是安槻警署的特派发言人一样，虽然还身处杀人事件的现场，美嘉还是不由得觉得有些好笑。

“那我还是回家去吧。”美嘉站起身，双手举过肩膀伸了个大大的懒腰，“在离命案现场不远的地方是睡不安稳的。”

其他人也有同感，开始商量着要早点打包回家。

“不过，”美嘉目视远方，长出了一口气，“我们还是会挂念的吧。”

“是啊，还真是。”

这就是所谓的以心传心吗，由加里马上领会了美嘉这句有些语焉不详的话，下意识地点了点头。由加里也不明白自己挂念的到底是什么，自然也就不敢轻易地表露自己的感情，美嘉却满不在乎地说出了口。

“啊，好想吃千晓学长做的油炸沙丁鱼和炸串啊。”

只在这件事情上秀子显得不明所以。观月和小景强忍着笑，偷偷交换了眼神。看来大家挂念的东西都是一样的。

回到自己在大学附近租的单间，日子一天天过去，回过神来时已经是月末了。如果没有意外发生的话，“小假日”合宿计划到今天也该结束了，由加里陷入了有些奇怪的感慨之中。老家的父母已经开始催自己回家省亲了，由加里却还没有做任何准备。

嶋崎丰树一案好像还没有侦破。调查取证到底进行到哪一步了呢？由加里本以为警察一定会再找自己了解情况的，不料渐渐地也就没了消息。本来她以为自己那把用来防身的小刀会成为警察关注的重点，但也许是这把刀已经被查明并不是作案凶器的缘故吧，警察没有在这一点上做太多的纠缠。其他人又怎么样呢？被警察叫出来单独问话了吗？说起来，从御返事村回来之后，自己还一次都没见过观月她们几个呢。总觉得不想见人，所以“Side Park”那边也渐渐地不怎么去了。

说到毫无音讯，自己也很久没接到壹成的电话了。以前每天至少要打一次电话，多的时候每天能有两三通来电。但是，二十三号早上由加里拨出的那通电话成了两人最后的通话，更别指望能见面了。以这起事件为分界线的态度落差倒是像极了这个男人会做出的事，更让由加里觉得可笑了。他是不想和卷入杀人事件的女人纠缠不清，给自己带来不必要的麻烦吗？还是说……

这样思前想后的时候，手机突然响了起来，由加里心里一惊。带着一种既希望是壹成又不希望是壹成的复杂心情接通了电话：“喂？”

“由加里吗？是我。”

听到观月的声音，由加里的内心又被另一种困惑填满了。

“好久不见，最近还好吗？”

“最近什么都没干，有种自生自灭的感觉。”

“有空的话出来喝个茶吧？我有话想说。”

“什么？”

“随便聊聊。”

“如果是和美嘉有关的事，我可不想聊。”突然蹦出这么一句不受自己意识控制的话，由加里也很是惊讶。明明知道这些话对观月很残忍，但她就是停不下来。“我一点都不想听，也没什么好说的。”

为什么我一定要这么说话呢？由加里厌恶起自己来，呼吸变得局促。“我知道了。”观月的声音一如往常。内心已经受到了伤害，语气却还是那么冷静，这让由加里觉得越来越难受了。她希望观月能大发脾气，甚至希望她能骂自己一通。

“怎么了，由加里？”

“唔……”

“没事吧？”

由加里这才意识到握着手机的自己已是泣不成声。不管怎么擦拭，眼泪就是止不住地往下掉。“……我受够了。”哭声没有止住，谵语一般的嘟囔也跟着停不下来了。“够了，够了，我受够了。”

“由加里……”

“我想见千晓学长。”

“嗯？”

连在失态的由加里面前都没有失去冷静的观月也不禁觉得有些意外，不过最意外的还是由加里自己。为什么会突然说出这样一句话呢？她在混乱中继续说道：

“你有办法找到他吗，观月？”

“如果拜托羽迫学姐的话，大概没问题吧……不过，你为什么要见他？”

“千晓学长也许知道嶋崎丰树一案的后续情况。”

“原来是这样。”观月虽然接受了这个说法，但由加里却还没从混乱中走出来。“他好像可以走后门弄到一些警方的内部消息。但是，不是我想泼冷水，可是现在应该还没什么进展吧。好像也没有在电视上看到这个案子的消息。”

“是啊，不过我总是安不下心来，连家都不想回了。所以才想找千晓学长问一下，即使没有什么像样的结论也没关系。我是不好意思直接去问警察啦，不过千晓学长的话就没什么问题了。”

“明白了，我去拜托羽迫学姐吧。”

“拜托了。啊，还有。”由加里又受到了内心那种朦朦胧胧的感情的驱使，“观月你能陪我一起去吗？”

“……可以吗？”

“当然了。”由加里说话时的语气听起来像是装出来的，她自己听到恐怕也会觉得生气，“是我拜托你的嘛。”

“那什么时候方便呢？”

“越快越好。”

“明白了，安排好之后我会再打给你的。”

挂断电话后，由加里躺倒在床上，捶着套子刚被自己扯破的枕头，放声大哭。真想就这么死了算了。

哭累了还有些恍惚的时候，由加里又接到了观月打来的电话。观月通知她傍晚五点在大学附近的居酒屋“三瓶”会合。没想到今天就能约到千晓，由加里过了好一会儿才反应过来，觉得刚才叫上观月一起真是太对了。

由加里在约好的时间到达“三瓶”，观月已经在里侧的榻榻米座席等着了。她本来打定主意要在见面后先为刚才在电话里的失态道歉，可是羽迫学姐也在旁边，这下可谓是出师不利。

“真是不好意思，占用你的时间了。”低头朝两人致意的由加里最后还是没有说上话，倒是羽迫站起身“啪”地一合掌。“抱歉啦。”

“唔。”

“其实，匠仔他……”

“匠仔？”

“就是千晓学长。”一旁的观月向困惑的由加里解释。

“其实，我现在还没能联系到他。”

“欸？”观月好像也是刚知道这个消息，双眼圆睁，显得很是惊讶，“但、但是，这样的话……”

“不过你们放心啦，不用担心。在这里或者‘花茶屋’等上一会儿就好了，他一定会过来喝酒的。”

羽迫解释说，“三瓶”和“花茶屋”是同一个老板娘经营的两间姐妹店。她已经提前和“花茶屋”那边打好招呼，如果千晓学长到那边去了的话，会有人打电话过来通知。

10

“可是，”观月少见地在比自己年长的人面前露出了不快的表情，“如果千晓学长既没有来这里，又没有去‘花茶屋’，那可怎么办？”

“没关系，没关系，匠仔不可能不来喝酒的。而且啊，他还很擅长瞄准开店不久这个人还不是很多的时间段。他马上就会来的，马上。”

羽迫虽然自信满满，但眼看着过了六点，又过了七点，千晓还是没有出现。保险起见，她也给“花茶屋”那边打过电话，不过千晓今晚也没有到那边去。“三瓶”里已经来了不少客人，正是人声鼎沸的时候。

“啊呀呀。”羽迫也渐渐急躁起来，一口气喝干了杯子里的酒，“奇怪了。匠仔这家伙怎么回事啊，难道今天给肝放假了？”

“总之，要不要先打个电话到他家……”

“那里没装电话哦。”

“如果拜托房东的话，房东倒是会帮忙叫他出来。不过我不是很想……啊！”

羽迫学姐的眼睛忽然亮了起来，由加里顺着她的视线看过去，原来是千晓学长正从门口走进店里。

“咦！”不过，刚想举手招呼千晓的羽迫却又转念在垫子上坐好，“唔，这下麻烦了。”

“怎么了？”

“鸠里同学，野吕同学。你们能不能改天再见匠仔呢？”

“什么意思？”

“他今晚，怎么说呢，好像有些别的安排。”

由加里再度转头看向千晓的方向。他正坐到吧台的位子上。他不是一个人来的，还带着一位女伴。由加里注意到这一点的同时，耳边传来了刺耳的声音。观月好像没有注意到自己打翻了还装有半瓶酒的酒壶，一脸茫然地坐在一旁。由加里慌忙扶起酒壶，用手帕擦拭桌面的时候，她也没有半点要帮忙的意思。由加里在观月不寻常的表现中发觉了异样，顺着她的视线看了过去。

视线落在千晓学长的女伴身上。观月直勾勾地盯着她看，由加里终于想起了这个人的身份，就是前几天在“小假日”里观月拿给大家看的照片上的女生。好像是姓高濑吧。

高濑千帆穿着灰色的长裤套装，这个颜色虽然既不出彩又稍显朴素，但穿在她身上却散发出独特的魅力。照片中及背的一袭长发现在稍微烫出了一点弧度，垂散及肩。看照片的时候已经觉得是个美女，没想到真人比照片还要好看。

“如果可以的话，我想今晚就不要打扰他们了，让他们安静待上一会儿吧。”羽迫躲在观月背后低声地说，“他和女朋友好不容易单独约一次会……嗯？”由加里和观月的脸色不知从什么时候起变得相当难看，面对这样的两个人，羽迫有些错愕。“怎、怎么了？”

“女朋友？”观月暗哑的声音让人几乎听不清，“那个人是，千、千晓学长的，女朋友？”

“没错。因为某些原因，他们两个现在是异地恋。啊，他们好像注意到我们了，哟嚯。”

千晓起身离开吧台，朝榻榻米座席这边走了过来。“什么啊，小兔也来了啊——呀，前几天真是承蒙照顾。”他说着朝由加里和观月笑了笑。小兔应该就是羽迫的绰号了。“高千回来了哦。”

高千大概是高濑千帆的绰号吧。由加里觉得，这样亲昵的称呼真是如实地反映了两个人虽不黏糊却十分亲密的关系。

“我看到啦。”羽迫朝坐在吧台的高濑挥了挥手，“已经放暑假了吗？”

“好像说是提前预支了盂兰盆节的假期。我刚才去机场接她了。”

“哎，匠仔，你什么时候考的驾照啊？”

“嗯？没有没有，我坐机场大巴去的。”

“什么啊，是这么回事啊。”羽迫用手捂住嘴巴，竭力忍住笑，“不错不错，还是热恋期啊。”

“对了，”千晓转头看向观月和由加里，“介不介意我们到这边坐？”

“喂，不是我说你啊匠仔，别这么不识趣嘛。高千好不容易回来一趟，你就不想和她两个人单独相处一会儿吗？”

“吧台那边还是有点不方便，她也总觉得不是很舒服。”

“唔，请坐这里吧。”终于回过神来的观月把位子让了出来，自己则坐到了羽迫的旁边。由加里、观月和羽迫三人并排而坐，正好和从吧台过来的千晓和高濑面对面。

“打扰了。”高濑朝由加里和观月打了个招呼，她的声音在女生里也算是比较低的了。一般来说，再怎么漂亮的女生，只要凑近一看，缺点总会放大。她却正好相反。高濑眼睛的眼白部分透出蓝光，甚是神秘。坐在高濑跟前的由加里被她身上越来越强的透明感攫住了。原来这就是想让见到的人分享给更多人知道的美啊，由加里终于明白了观月当时的心情。

“那、那个，”观月下定决心似的低下了头，“高濑学姐，好久不见。”

“哎？”

“我是在毕业仪式上跟您合照过的鸠里。”

“啊呀，吓我一跳。你变得和那时候完全不一样了嘛，眼镜摘掉了？”

“啊，是的。”由加里还是第一次见到观月露出这么天真欢快的笑容，大概是因为高濑学姐这么清楚地记得自己吧。“我改戴隐形眼镜了。”

“真是完全认不出来了。那时你还在读高中吧，现在已经上大学了吗？我记得你那时好像说过想考安槻大学。”

“是的，托您的福，我顺利成了您的学妹。”

“真是怀念啊，我们今晚好好聊聊吧。说起来——”高濑转头看向羽迫，“小漂现在怎么样？”

“不知道。”由加里当然不知道“小漂”是谁，不过好像也没有人想出来解释一下。“大概还在东南亚一带闲晃吧。”

“不知道他这次能不能顺利毕业。”

“好像奇迹般地毕业了哦，工作好像还没定下来啦。倒是你，工作怎么样了啊？”

“就那样吧，至少比回家参加我爸的那个什么后援会要好一些。”

千晓他们几个又围绕着这位由加里和观月都不认识的老朋友聊了一会儿。由加里这才意识到，并排坐在一起的千晓学长和高濑学姐让自己焦躁不安。她自己也不明所以，就是觉得不痛快。为什么会这样呢？如果分开来看，他们两个明明都是难得一见的好人，但一凑到一起，虽然说不上让人嫌恶，但总有一种违和感，让人心绪不宁。最近好像也曾有过类似的感觉，对了，“小假日”的那晚从背后传来观月和美嘉的对话时，自己就有类似的感受。

“啊，对了，匠仔。”羽迫切入了正题，“我想问问关于之前御返事村那件案子的情况。”

“什么案子？”千晓简要地向高千介绍了发生在御返事村的杀人事件后，又转过头来回打量观月和由加里，“难道说，今晚你们是为了这件事才聚到一起的？”

“没错，因为她们两个都对这个案子很关心嘛。”羽迫抢先一步说道，“这也是人之常情啦。所以呢，有什么进展吗？”

“我好像还没听到嫌疑人落网的消息。”

“你和安槻警署的警察很熟吧？看你平时木头人一个，没想到走起后门来这么熟练。对了，匠仔，下次也把他们介绍给我认识吧。在警察局有几个熟人的话，好像也更安心一些。”

“也没有那么熟啦。不过，我倒是搞清楚了那件案子的一些细节。”

“比如？”

“在现场发现的全护式头盔和在附近的河边发现的摩托车应该都是被害人的东西。”

“所以，那个姓嶋崎的男人就是为了秀子同学才到御返事村去的咯？”

“这个可能性很高。伊井谷同学把怪信跟踪狂寄给她的信交给了警方，信里的笔迹和嶋崎的笔迹已经被认定是一致的了。”

“那就错不了了。”

“被害人的死因是喉咙被割破造成的失血过多。死亡时间估计为二十三日的凌晨三点到五点之间。”

“范围已经缩得很窄了嘛。”

“凶器兰博刀上没有指纹，那把钢质的梯子上也一样。”

“唔，还有呢？”

“大概就是这些了。”

“这不是已经有好多信息了吗，匠仔。不过只知道这些的话是不是还不能锁定嫌疑人啊？”

“重点在于把梯子运过去的人。这个人不一定是杀人凶手，但肯定是这个案子的关键人物。现在好像正在排查被害人身边的人，但目前为止还没有发现什么可疑的人物。”

“总觉得有点奇怪啊。”

高濑小声地嘀咕道。这个声音不知为何在由加里的心中激起了波澜。

“哪里奇怪？”

“匠仔，我总觉得你刚才这一席话好像含含糊糊的，似乎话里有话。”

“是这样吗？”

“你对这个案子的真相已经有眉目了吧。”

高濑直截了当的发问让由加里心跳加速。匠仔则耸了耸肩，干脆地承认了。

“大致上有些眉目了。不过只是单纯的想象，我也不知道对不对。”

“如果我在这里让你不好开口的话，那我还是先走一步吧。”

“不是这么回事啦。”千晓叹了口气，“野吕小姐。”

“在。”由加里深吸了一口气，“怎么了？”

“你是真的想要了解案子情况的吗？如果我在这里把自己的想法说出来，会不会让你为难呢？”

“等……等一下。”观月脸色发青地站了起来，“为什么要问由加里这个？难、难道说，千晓学长认为由加里把嶋崎先生……”

“不。野吕小姐不是凶手，不过她大概知道凶手的真实身份，但是却选择了沉默。”

“……为什么？”虽然已经做好了心理准备，由加里还是一瞬间泄了气，“为什么……为什么你会知道？”

“要说理由的话。”也许是因为由加里干脆地承认了千晓对她的判断，千晓更加不安地把视线从她身上移开了，“还是那把梯子吧。”

“梯子……”

“对，我们暂且把搬运梯子的人称作 X。X 为什么要把这样一件东西搬到那里呢？”

“肯定是为了偷偷溜进‘小假日’里啊，没有别的可能了吧。”

“明显就是这样。但是，既然准备了梯子，那就说明 X 打从一开始就决定要从二楼溜进房子。问题是，他为什么不从一楼溜进去呢？”

“那是因为……”由加里此时还期待有人能帮自己和千晓学长辩上几句，她渐渐厌恶起自己来。“那是因为他判断从二楼溜进房子要更保险一些。那个房子的二楼设计成了用作绘画教室的大开间，一般来说当然不会有人在那里过夜。想在那里的窗户上动手脚也比较容易，对于想要溜进来的人来说好处还是很多的。”

“原来如此。那么 X 到底是怎么提前知道‘小假日’的这种种内情的呢？”

“那是因为嶋崎先生在‘Side Park’偷听了秀子和我们的谈话啊……”

“不对，野吕小姐，你说得不对。X 不是嶋崎先生。你应该最清楚这一点了吧？我之前也说过，嶋崎先生不可能骑着摩托车把那个梯子运过来。嶋崎先生知道那个房子的内情，这一点也不奇怪。不过，X 为什么会知道？”

“X 和嶋崎先生是同谋，所以他会知道房子的内情也一点都不奇怪啊。”

“原来如此。但是，这两个人真的是同谋吗？ X 大概是开着小面包车或者轻卡到御返事村的，否则就没办法把梯子运过去了。但是，如果真是这样，那作为 X 同伙的嶋崎先生为什么要另骑一辆摩托车过去呢？如果两人是同谋的话，一起坐着那辆车过去不就好了？但事实却是，两个人是分开行动的。他们真的有非这么做不可的理由吗？”

如果还有很多别的同伙的话，一辆车不就坐不下了吗？由加里本想如此申辩，但最终还是没能把话说出口。

11

“当然了，他们也可能有什么必须分开行动的理由。但是，更符合常理的推论应该是：他们两个并不是同伴，X 独自制定了仅由他一个人执行的入侵计划。我们先把嶋崎先生放在一边，具体分析一下 X 的行动吧。”千晓特意停顿了一下，像是在期待着有人能出来质疑自己。“我认为，X 和嶋崎先生之间根本没有联系，他有自己的行动计划，但是，他并非单独行动。X 也有同谋，只不过这个同谋不是嶋崎先生。准确地说，为 X 指路的是‘小假日’内部的人。所以他才会在了解了房子的内部情况之后，特地把梯子运过去。”

“指路……”观月怯怯地看羽迫身后的由加里。她虽然还不能完全理解千晓的话，但已经渐渐有了一种不祥的预感。

“我就直说了吧，这位给 X 指路的内应，野吕小姐，应该就是你吧？”

我是认识这个人……你全都……由加里已经有些神志不清了。实际上，由加里就像贫血了似的。等回过神来，她发现自己正靠在慌慌张张凑过来的观月身上。

“……谢谢。”

“没事吧？”

“嗯。”由加里浑身发软，但却一点都不觉得难受，甚至感觉顿时轻松了不少。“为什么……千晓学长，你是怎么知道的？”

“提议到二楼过夜的人是你哦，野吕小姐。当然了，如果是别人的话，还可以解释成是一时的心血来潮。但野吕小姐这么提议就显得相当奇怪了。”

对啊，我怎么现在才发现呢？这根本就是自相矛盾嘛。由加里不禁自嘲。“要是别人提出来的就算了，我自己提议要睡在那样的房间。确实怎么想怎么不自然。”

“没错。野吕小姐说过，你去年冬天差点被一个男人袭击。因为那件事，你变得非常小心，甚至随身带着防身用的小刀。但是，这样的你却主动提出要一个人到二楼的超大开间过夜，这实在是太奇怪了。如果真的很小心的话，你应该会要求和某个朋友一起住在楼下的客房才对。”

观月愣愣地盯着由加里，她大概是听了千晓的话后才第一次注意到了由加里当时不自然的举动。

“也就是说，野吕小姐有非在二楼过夜不可的理由。”

“那个理由就是，”观月保持半蹲的姿势搂着由加里，“把 X 带到‘小假日’里……吗？”

“真的是这样吗？”

由加里闭上了眼睛。真的……这个人真的什么都知道。什么都知道得清清楚楚。

“其实，事情没那么简单。”

“这、这是什么意思？”观月来回看看千晓和由加里，有一种自己已经被排除在事件之外的感觉。她的声音逐渐变得歇斯底里。“这到底是怎么一回事啊？！”

“野吕小姐事先确实和 X 商量好了潜入房子的计划。她跟 X 说自己会先打开二楼窗户的锁，在二楼接应。所以 X 才会特地把梯子运过来。但是，这个计划本身就解释不通了。”

“解释不通？”

“为了接应 X，野吕小姐其实没有必要待在二楼，只要事先把二楼窗户的锁打开就好了。不对，既然有野吕小姐这个内应，那 X 根本就没有必要从二楼溜进房子，野吕小姐可以打开房子里任何一扇窗户的锁。X 只需算准大家都睡着的时候，从客房或者饭厅的窗户溜进房子就可以了。他甚至可以正大光明地从大门进来，根本不会有什么阻碍。也就是说，X 从一开始就不需要梯子这种搬运起来相当费劲的工具，直接从一楼溜进去就好了。”

“等一下。”观月的声音里又隐约散发着怒气，“你的逻辑很奇怪哦。根据你的理论，X 从二楼溜进房子这件事本身就很不自然，那也就是说，主动提出到二楼过夜的由加里应该不可能是 X 的同谋。这才是正常的逻辑吧。千晓学长的推理是搞错因果关系了吧？不对，你这已经是在挑拨是非了！”

“你说得对。本来梯子这个证物应该不会让人联想到内应。不过在这次的案子里，还有其他必须考虑的因素……”

“别说了，匠仔。”高濑稳健的声线里隐约有一丝威严，“野吕小姐脸色都发青了，今晚就先说到这儿吧。”

“没关系。”由加里反而露出了一个爽朗的笑容，“我没事。”

“你看起来可一点儿都不像没事的样子。”

“那都是因为惊讶。我没想到千晓学长竟然把一切都看穿了。”

“所以，你果然……”千晓的叹息声也染上了一丝疲惫，“你果然想那么做啊。我之前还一直不敢相信。”

“她到底想做什么啊？！”观月大发脾气，店里顿时没有了人声，“倒是给我解释一下啊。”

“刚才也说过了，野吕小姐……”千晓一边打手势向店员道歉，一边低声地向观月解释，“是X潜入‘小假日’的内应。准确地说，野吕小姐只是假意充当X的内应而已。虽然不知道X的目的是什么，不过我想大概跟钱有关吧。虽然因为参加合宿的成员都是女生，X可能也抱有其他不纯的想法，不过，加上负责做饭的早栗小姐，一开始参加合宿计划的共有六个人，X就算有那种想法也很难实现。他的目的应该还是钱吧。比方说，先劫持其中的一个人，把这个人当作人质威胁其他人，再把其他人都绑起来。而他最先劫持的那个人，就是和他事先串通好的野吕小姐。控制住其他人之后，X再和野吕小姐一起把她们身上的现金和银行卡洗劫一空。一开始的计划大概是这样的吧？”

“没错。”由加里似乎已经陶醉在这种真相一层一层被揭露开的爽快感觉之中了。“你说得一点儿都没错。”

听说了“小假日”合宿计划之后，壹成表现出了不同寻常的兴趣。但这种兴趣和由加里无关，而完全针对她那几个零花钱多到没处花的朋友。在消费信贷那里欠了不少债务，眼下正为钱发愁的壹成同意让由加里参加合宿，不过，作为交换，他强迫由加里加入了他的抢劫计划。他早就知道由加里不敢忤逆自己，真是个不知廉耻的男人。

“我听说你们的银行账户密码都是生日日期，就事先把你们的生日日期都告诉他了。”

“你居然……”观月低声呻吟，“由加里，你居然连这种事都……”

“就是因为她这么做，X 才会信任野吕小姐。所以，X 才会毫不怀疑地听从由加里那个一般人想想就会觉得奇怪的指示，特地把梯子搬过来准备从二楼溜进房子。不过其实……”

“其实野吕小姐，”高濑找准时机接过了匠仔的话头，“从一开始就不打算帮助 X 执行这个计划。”

“没错。相反，她想趁此机会对 X 进行决定性的背叛。”

“背叛？”

“你，”千晓有些犹豫地把目光从观月移到由加里身上，“你当时计划要杀掉 X，没错吧？”

看着由加里的观月此时仍是满面愁容惨淡，随时都会哭出来的表情。由加里觉得实在对不起这个朋友，只好尽力挤出一个微笑。

“所以野吕小姐才必须一个人待在二楼。如果嶋崎先生没有出来添乱，事情都按野吕小姐的计划发展的话。X 就会按照她的指示架好梯子从二楼进入房子。野吕小姐则假装接应他，趁其不备用随身携带的小刀把他刺死。之后再大吵大闹地叫醒楼下的人，向他们解释说自己受到了强盗的威胁，在正当防卫的时候不小心刺死了强盗，以表明自己的无辜。”

“等一等。但是，”观月仍旧旁若无人地紧紧抱着由加里，“但是那天晚上由加里并不是一个人，我和美嘉也睡在二楼。”

“鸠里小姐当时的提议也在野吕小姐的意料之外。而且由此引发的连锁反应把鲸伏小姐、莲实小姐甚至是我本人都引上了二楼。结果，虽然莲实小姐和我回到了楼下……”

“我当时，”由加里终于主动说起了当时的想法，“觉得为了证明我只是正当防卫，需要观月她们给我作证。但是我不想给大家添麻烦，万一有谁因此受伤就不好了。所以我才想把他引到没有人的二楼，在那里杀了他，我就是这么考虑的。所以观月提出要在二楼陪我的时候，我真的懵了。不过二楼那么大，我想如果我能离背面的窗户近一点的话，也许还可以继续我的计划……”

“啊！”观月惊呼一声，“原来是这样啊。所以由加里你当时才会那么执着地要求睡在背面窗户的那一侧，甚至用上了月光太亮这种奇怪的理由。”

“我提前告诉过他一定要从二楼背面的窗户进来。为了能在他爬进来时刺中他，我一定要占据离那里最近的位置才行。”

那天的晚餐……由加里总算想起来了。看到半熟的牛排，平常的自己肯定会欢呼雀跃，那个时候却被把刀子染红的脂肪恶心得不行。那肯定是因为她已经在脑海中多次地演练过刺杀冈本壹成的行动了。因为担心那把小刀杀不死一个如此高大的男人，她还练习过把刀刺入壹成身体后不断扭动刀柄的动作。难道那个时候千晓学长已经看穿自己的心理了？由加里一方面觉得绝无可能，一方面又不敢完全否定。

“根据野吕小姐的指示，X在二十二日深夜，准确地说应该是二十三日凌晨熄灯后，把梯子架到了二楼背面窗户的外侧。”千晓代替由加里继续说明，“但是，他恰好在那里碰到了追随伊井谷秀子小姐前往‘小假日’的嶋崎先生。嶋崎先生看到正准备从二楼溜进‘小假日’的X时，会怎么想呢？我们只有靠想象了，不过我想嶋崎先生多半会认为X是一名会对秀子小姐不利的暴徒，所以自己有责任保护秀子小姐吧。”

“保护吗？”观月夸张地笑了起来，“别开玩笑了，嶋崎先生自己明明就是跟踪狂啊。”

“不用那么惊讶，跟踪狂这类人主观上往往是很纯情的。他们相信自己的感情没有一点瑕疵，所以当对方没有积极回应时，他们就会迁怒对方。其中的极端分子甚至会因此杀人，而且一点罪恶感都没有。因为他们觉得这是对践踏自己一片真心的背叛者的报复。”

“这些人真是一厢情愿啊。”

“嶋崎先生单方面地认为自己有保护秀子小姐的义务，这种使命感促使他对X采取行动。另一边，X搬梯子的时候两只手都腾不出空来，所以那时候用来威胁女孩们的武器——应该就是那把兰博刀了——还放在车子里。他也有可能是回车里拿抢劫时需要用到的变装道具了。总之，回到车里的时候，他大概又打了个电话给野吕小姐确认窗户的锁是不是已经都打开了。”

“啊，”由加里深深为千晓奔放的想象力所折服。他到底是怎么知道这些细节的呢？难道他知道二十三号凌晨打电话给自己的壹成就是那位X吗？“说起来，凌晨的时候手机里的确有一通未接来电。因为没接到，我也就不去管它了。没想到是这么重要的事啊。”

“但是，由加里，”观月渐渐找回了平时的冷静，“你知道那天夜里X会去‘小假日’的对吧？看到是他的来电，你应该会第一时间意识到这和入侵计划有关才对啊。”

“他的计划是有不确定性的。虽然他也说过‘大小姐们肯定会很快厌烦，所以要早点动手，最好第一个晚上就干’这种话。但是因为他和上司有约，所以也没个准。所以，为了保证他能顺利溜进房子，我每晚都要把二楼窗户的锁打开。我们还约定只在发生紧急情况的时候联系对方，而第一天晚上又什么都没有发生，所以第二天凌晨看到那通未接来电的时候，我才没怎么特别留意。”

所以，由加里二十三号早上打电话给壹成的时候，并不知道他已经执行过入侵‘小假日’的计划并以失败告终了。她想当然地认为第一天晚上壹成被上司约了出去，脱不开身，做梦都没有想到正是他杀死了嶋崎先生。

12

挂断那通电话之后，由加里才开始怀疑壹成。引起她怀疑的是壹成知道抢劫计划必须取消时的反应。杀人案件引来了大量的警察，别说“小假日”里面了，就是附近的区域也很难靠近。这对于怀揣不良企图的壹成来说当然是不小的打击，但是仔细想想，壹成在电话里的反应也太冷静了。平时的他一定会表现得更不甘心，并且把一部分责任推到由加里头上，再说上一大堆恶心人的话来挖苦她。

起了疑心的由加里开始考虑壹成已经来过御返事村，实行过“小假日”入侵计划却无功而返，最后决定放弃整个计划的可能性。如果把嶋崎先生的死和壹成放弃计划的举动联系起来的话，好像是可以解释得通的。当然了，由加里这时还不知道嶋崎先生就是怪信跟踪狂，所以她当然也不清楚壹成杀害他的动机和经过。

由加里虽然一直怀疑壹成是凶手，但始终无法证明自己的这个猜测。即使壹成再也没有联系自己，也可能是因为他有了别的女人，或者是他已经决意抛弃自己，另寻新欢了。如果壹成是凶手的话，那么知道这件事的就只有由加里了，她却不可能告发他。因为一旦告发他，自己作为他的同谋——虽然自己只是假意配合——的耻辱行为就不可避免地要昭告天下了。

“为了随时能迎接他的到来，我一直把那把小刀藏在枕头底下。”

不小心让大家看到这把小刀的时候，由加里顿时慌了。不过仔细想想，提前让大家知道这把刀的存在或许是件好事。否则，当她装作在正当防卫中不小心杀死了壹成的时候，警察就很有可能会怀疑，她为什么会碰巧在遇到暴徒袭击的时候随身携带着那种武器。

“但是我真的没有想到，二十三号凌晨他打那通电话的时候人就在房子背面附近。那时候天已经快亮了，我一直先入为主地认为他会挑一个周围更黑的时候来。又因为电话很快就挂断了，我才以为他只是拨错了号码。”

“架好梯子之后，X 回到车里取出兰博刀，走回‘小假日’的途中，他又打电话向野吕小姐确认窗户的情况。恐怕他就是在这个时候和嶋崎先生撞个正着的。在嶋崎先生看来，想要对秀子小姐不利的人当然不可原谅，所以他二话不说就攻击了 X。他右手挥着扳手——这里多说一句，我不能肯定扳手的用途。不过嶋崎先生大概是不惜砸破玻璃也要溜进‘小假日’吧，所以才带上了扳手。总之，嶋崎先生愤怒地挥舞着扳手，却遭到了X顽强的抵抗，最终被X的兰博刀割破了喉咙。本来只是计划抢劫，完全没想过杀人的X当时想必也吓得不轻。”

“就算不考虑这一点，X这个人也是够弱的。”高千的口气从容不迫，却让这话听起来更加刺耳，“虽然运气好，事先为了抢劫计划戴上了手套，没在凶器上留下指纹，不过他竟然就那样把凶器留在了现场。”

“大概是因为他在那个时候已经害怕得不行，大脑一片空白，所以丢下梯子、凶器和其他东西，坐上车就一溜烟地逃走了吧。”

“就是这种软弱的家伙才会在听说合宿参加者都是女生时起邪念。”羽迫很是愤慨，“啊，不过他是不是不知道匠仔中途加入了啊？”

“他知道。刚到‘小假日’我就给他打了个电话告诉他了。”说到这里，由加里不由得笑了起来，“虽然这么说很对不起千晓学长，不过你看起来对他好像没什么威胁。他听到后也就没放在心上。”

“难道就是那通美嘉说的打给男朋友的电话吗？”由加里点头承认，观月却又一脸不解。“不过你为什么要特意打电话告诉他这个啊？由加里打算杀掉X，对吧？为什么要特意打电话告诉他合宿的人员变动呢？这一点意义也没有啊。”

“这么做并非没有意义。”千晓替由加里回答了这个问题，“野吕小姐之前毕竟没有杀过人，她没有十足的把握能在合宿的时候杀掉X。刺杀计划也有可能以失败告终，甚至可能出现大家的钱财被洗劫一空，X 却分毫未伤的情况。如果真是这样，那野吕小姐之后一定会被 X 责问，因为她没有把‘小假日’里来了男人的新情况告诉 X。野吕小姐正是因为担心这一点，才特意给 X 打了电话。”

正是如此，由加里完全放下心来。这个人真的把一切都看透了，对于即使确定壹成就是凶手也没有勇气告发的由加里来说，这真是个可靠的伙伴。壹成那种孩童般的支配欲已经折磨了由加里整整十个月，想从这种苦恼中挣脱的由加里在千晓的身上看到了一丝曙光。这个人的出现，真是大大出乎由加里的预料。

“不过，千晓学长，”观月抱着胳膊，好像明白了什么似的，“既然你都知道得这么清楚了，为什么不把这些推理都告诉警察呢？还是你已经说了，他们却不搭理你？”

“就算我不说，警察肯定也能查出杀死嶋崎先生的凶手不是他的同伙，而是另有其人。”

“那之前我们讨论过的‘同谋犯案说’呢？”

“验证‘同谋犯案说’的可能性也是警察的工作之一。不管怎么说，即使考虑到了 X 的存在，他的身份还存在很多谜团，这一点对于警察和我来说都是一样的。换句话说，我没有理由去多管人家的闲事。还有……”

“还有什么？”

“如果我的推理是对的，那野吕小姐的立场就非常微妙了。为什么她会如此处心积虑地假装配合 X 的盗窃罪行，暗地里却计划着杀人呢？我感觉到了两个人关系中的某种错位，X 不觉得两个人的关系有任何问题，野吕小姐却对他抱着强烈的恨意。在同一段关系里，为什么这两个人的感觉会出现如此大的偏差呢？这是因为……”

也许是觉得自己说得有些过头，千晓忽然打住了话头。大家都多少明白了他的意思，没有人再催促他说下去。

壹成深信由加里是全心全意地爱着他的。在他的眼里，即使去年冬天在网球社团顾问的婚宴上他几乎是死皮赖脸地向由加里搭讪，这仍然是一段你情我愿的关系。他无法想象，错看了他的由加里事后是多么后悔、多么痛苦。在支配欲驱使下的壹成简直不把由加里当人看，只要由加里胆敢对他有一点儿抱怨或不满，他就会恶言相向、拳脚相加。而他竟然认为这种暴力正是自己纯情的明证，深深沉醉其中。他轻松地提出了盗窃的计划，就像小孩子提议玩捉迷藏一样。他既没料到由加里会心不甘情不愿地假意配合自己，也早已断了由加里的后路：一旦提案被拒绝，自己的纯情也就等于遭到了背叛，这是无可争辩的事实。由加里认定分手已经不足以让她逃离壹成，为此她不惜动手杀人。壹成大概会认为由加里已经疯了吧。不过事到如今，这又有什么所谓呢？

“对不起啊。”

离开“三瓶”，走在回家路上的由加里朝自己身边的观月搭话，眼睛依旧目视前方。

“今天我对观月说了些很过分的话，真的很抱歉。”

观月沉默了一会儿，终于还是开口小声地说道：“你会看不起我们吗？”

“看不起谁？”

“就是我和美嘉啊。”

“让我惊讶的不是那件事啦。我奇怪的是，为什么偏偏是美嘉。”

由加里回忆起了刚才看到千晓和高濑并排坐在一起时的不快感。当时不知道是怎么回事，现在总算有点明白了。简单地说，那幅景象和自己对两人关系的看法产生了冲突。

一开始认识千晓时，由加里以为他是羽迫学姐的男朋友。看着看着，她自己也觉得这一对一定很幸福，但两人却不是男女朋友的关系。由加里不知为何觉得很是生气。实话说，由加里现在还觉得千晓和高濑一点都不登对。

不过这当然只是旁人的瞎操心。人们谈恋爱并不是为了迎合他人对自己的看法。没错，观月和美嘉的关系也是这么一回事儿。

“我总算知道观月是怎样的一个人了，所以我也很好奇，观月会选择一个什么样的人。你真的是一个很好的人，真的很好。这样的你，一定会遇到一个和你一样好的女孩吧。没想到这个人却是美嘉，说实话，我真的很惊讶。对不起，我好像又对你和美嘉说了很过分的话。”

“对不起。”

“观月你不需要道歉啊，是我擅自……”

“不是那样的，不是你想的那样的。我喜欢的人，是由加里。对不起，这对你来说是个麻烦吧。可是，我喜欢的人是你。”

“不，我很开心，真的很开心。因为我也喜欢你啊，观月。”

“由加里。”

“但是，我可不想因为卷进三角关系里又多出一堆麻烦事。”

“这就是……由加里的结论吗？”

“你在说什么啊，观月。”由加里停下脚步，踮起脚迅速地吻了一下观月。“非得现在就说出结论不可吗？”由加里丝毫不带炫耀的语气让观月感到欣慰。“现在这样，不就很好吗？”

第二天，由加里在千晓和观月的陪同下前往安槻警署自首。在和中越警官、平塚警官的交谈中，她详细交代了和冈本壹成制定的抢劫计划。由加里做好了被当作壹成同谋、承担抢劫未遂罪名的思想准备，但她最终被认定为受到了壹成的胁迫。对于她计划杀害冈本壹成一事，警方也不予过问。

一周之后，回老家探亲的由加里收到了壹成被捕的消息。但壹成被捕的地点却不在安槻市内。七月二十三日早晨，接到由加里电话的壹成唯恐自己杀人的事情已经败露，迅速向学校的校长请辞，逃回了老家。他从租住的房子里搬走，又停掉了自己的手机，自此音讯全无，着实让旁人十分惊诧。

“说起来，你知道吗，”数日后，回到安槻的由加里时隔多日又和观月在“Side Park”见面了，她从观月那里听到了这样的消息，“冈本壹成辞职后，丘阳女子学园的国文科就空出了一个讲师的职位。”

“欸，那家伙最后是辞职了？不是停职？”

“我也不是很清楚。不过学校倒是紧急雇用了一位刚从安槻大学毕业的男生担任临时讲师，从第二学期开始任职。”

“所以呢？”

“这也可以算是某种巧合吧。这位新讲师好像是高濑学姐、千晓学长和羽迫学姐的好朋友，我记得好像是姓边见……”

“唔。”由加里兴味索然地耸了耸肩。她当然不知道，这个姓边见的人正是前两天在“三瓶”被高濑唤作“小漂”的人。

“别管那个了，我说两位，”美嘉用吸管拨弄着冰茶里的冰块，“不想去找些乐子吗，暑假都快结束了。”

“找什么乐子啊？”

“就在附近找个地方玩一玩，两天一夜，怎么样？当然三天两夜也是可以的啦，听说有名的避暑地 R 高原上有一个相当不错的温泉哦。”

“都现在这个时候了，能预约五个人的行程吗？”

“你在说什么啊，是三个人啦，三个人。”

“哎？”

“总和秀子还有小景在一起也没什么意思。我觉得只有我们三个人的话，说不定会更开心哦。怎么样？”

除了和往常一样娇滴滴的声音，美嘉还分别给观月和由加里递了个眼色。真可爱啊，由加里想，还有点诱惑。

“好啊。”由加里恶作剧般地摆出举枪的姿势，朝两位朋友射击，“我要去。观月，你来吗？”

夹克衫的地图

我在整理笠原先生房间的时候想起了那件夹克衫。

(说起来，那件夹克衫……)

是放在这里了吗，还是被他带回家了？

我走进步入式衣柜里一阵翻找，果然找到了。焦茶色休闲款的夹克衫。上次看到笠原先生穿这件衣服，好像已经是很久以前的事了。从那以后，我就不记得再见到过他穿这件衣服了。那天之后，这件夹克衫就一直被放在这儿。

我翻过来查看夹克衫的内面，没有什么奇特的地方，衣服上没有绣名字。但是，笠原先生曾经说过，这件夹克衫的外面和内面之间，缝着一幅刺绣一样的地图。

(地图？到底是什么的地图呢？)

我这样问道。

(嗯，应该说是藏宝图吧。)

(啊，开始有些让人兴奋了哦。)

(是啊。拥有秘密确实是让人兴奋啊。那里藏着一件对我最重要的东西。)

(是什么啊，宝石之类的东西吗？)

(比宝石还要好。)他露出孩子恶作剧般的笑容。(而且啊，要好上很多很多。当然了，对我来说是这样。对别人来说是怎么样，我可就不确定了。)

和他的对话在我的记忆里复苏，那是什么时候的事呢？是在笠原先生身体还没出问题的时候吧……

对了，想起来了。是今年的一月二十日。之所以能说出这么准确的日期，是因为那天正好是我的生日。

准确地说，那是我单方面认为他的身体还没出问题的时候。那时，笠原先生已经被告知患了癌症。但是，他对此绝口不谈，来这里的时候也一如往常，表现得跟个小孩子一样。只是回去的时候好像显得有些恋恋不舍。

(好东西吗？)

到底是什么呢？我的好奇心涌了上来。

按照他的说法，那件东西好像不是特别值钱。但是，一想到它正被藏在某个无人知晓的地方，我就不知怎的觉得难以忍受。

既然是这么重要的东西，那让人帮忙放到棺木里不就好了，不过火葬也只是一眨眼的工夫。那至少也应该让人供奉在墓前啊。

这么想着，我拿来裁剪用的剪刀，对着夹克衫稍稍合掌，把刀口伸到了夹克衫内面的某个接合处。

我剪开了夹克衫。

但是，没有。

什么都没有。

不要说刺绣一样被缝在里面的地图了，连和文字沾得上边的东西也没有。

我把剪开的内面翻了个底朝天，还是没有任何发现。

(到底是怎么回事啊……)

那些话难道是骗人的吗?

在笠原先生眼里，我应该算是他的“情妇”吧，除此之外，我没有第二个身份。但是，公司里的人和他的家人都不知道我的这个身份。

一开始以会长秘书的名义被录用的女人，后来因为收到了一套登记在自己名下的房子而辞掉工作，银行户头里每月还会有远多于之前工资的钱进账。不管怎么看，都像是被包养做了某人的情妇，没有丝毫申辩的余地。

但是。

但是，不是这样的。

我不介意自己被看作某人的情妇。正因如此，我才辞去工作，选择了领取每月一次的银行汇款这样更为轻松的生活。但是，一想到他会被误认为沉溺于和自己孙女年纪相仿的女子的爱恋之中，我就觉得难以忍受。

这些大概都只是我的漂亮话吧。但是，笠原先生一次也没有碰过我，不是以他的体力办不到，而是因为，这并不是我对于他的意义所在。

他会选择我，大概还是因为我会给人以情妇的感觉吧。具体地说，虽然不是很明显，但连我自己都能感觉到男人大概喜欢我这样有些时髦的长相。如果这样的女人当了秘书，那么作为会长的他会下手也不足为奇。甚至，大家会觉得他理所当然地应该下手。这就是笠原先生的目的。虽然没有直接向他确认过，但我想就是这么回事吧。

这套四居室的公寓虽然登记在我的名下，但实际上却是他的“秘密城堡”。这里的“秘密”并不是指这处居所不为外人所知。

我最初也不知道他一直在最里面的西式房间里干什么，因为他一直锁着那扇门。

那该是多么奇异的体验啊，偷偷潜入公寓的笠原先生，对我这具丰满的肉身视而不见，却急不可耐地潜入“城堡”之中，闭门待上几小时后，又把“城堡”的大门锁好离开。

所以，不要说肉体上的关系了，一开始我和他连话都不说。

我稍微忍耐了一段时间，但很快就受不了了。虽然给人以冷淡的印象，但是他给了我那么多钱，我总不至于觉得他在房间里做些什么和我没有一点关系。

（我受不了了。）某一天，我拦住了和往常一样急匆匆地想要进入“城堡”的他。（这套公寓还给你，你的钱我也不要了。）

（为什么？）笠原先生有些措手不及。（为什么要说这种话，你有什么不满吗？）

（我的不满实在太多了。）内心的不满堆积如山，我却因为一时无法表达清楚而急得哭喊起来，简直像一个女中学生一样。（太多了。你为什么要让我待在这里呢？不管什么时候来，你都不会跟我亲热，甚至连招呼都不打一声。这样的话，我不明白我为什么要待在这里。真是够了，请让我离开这里吧。）

现在，我已经能比较清楚地解释自己的不满了。我对自己作为商品的“价值”抱有极大的自信，假设是他主动来求欢的话，我大概会找出些煞有介事的理由先拒绝个两三次吧。我对作为男人的笠原先生的兴趣，大概也就到这种程度。但不要说求欢了，他连我的手指都没碰一下，这就好像在说“你这个人一点价值都没有”，所以我才会难以忍受。

（别这么说嘛。）他拼命想让我冷静下来。（如果你有什么不满意的话，我会改的。所以，你别再说这种话了。）

（因为，我是真的不明白我为什么要待在这里啊。）

（那是因为……）

看着欲言又止的他，我好像忽然间明白了什么。

（我是不是就是一个幌子啊？）

（欸？）

（会长的目的其实是里面那间房里的某样东西，但却装作是来这里和情妇私会。就是这么回事吧。你不想让人知道房间里的那样东西……）

虽然借房间里的东西争辩的我颇有些虚张声势的意思，但看到他顿时脸色大变，我也就知道自己猜得八九不离十了。

（我绝不允许自己被这样利用。周围的人都认为会长和我在这个房间里肌肤相亲，而我实际受到的却是这样的对待，真是恶劣的玩笑。我还没有坚强到能够笑着接受这样丢人现眼的事情。）

（等等，你等一下。对不起，确实是我不对。你想让我怎么做？怎么做你的心情才会变好？）

（这样的话……）

“请抱着我”，现在的我觉得当时要是这么说就好了。不过那个时候，我的脑海里根本就没有这个想法。

（让我看看里面的房间。）

（那个……）

为了不给他喘息的时机，我又接连发难。

（这里是我的房子，不对吗？是我从会长那里得到的房子。所以，如果您想使用这个地方的话，就请您以我能接受的方式使用它。如果您不能做到这一点，那么我就搬出去。）

笠原先生陷入了思考。

（……能帮我保密吗？）

（你觉得我像那种长舌妇吗？）

（好吧，我知道了。）笠原先生露出了在公司也难得一见的严肃神情。（既然你都这么说了，相信你会保密的。如果你违背了约定，那我也认了。这样可以吗？）

他打开了“城堡”的大门，逐渐明晰的内部景象让我惊讶不已。

马口铁制成的机器人、塑料的帆船和战斗机、树脂制成的怪兽、汽车模型……各式玩具堆满了十二畳的房间，让人不禁疑惑他是在什么时候把如此众多的收藏品带进来的。

说起来，笠原先生每次来这里的时候都会提着一个大纸袋，回去的时候却是两手空空。原来那是在不厌其烦地往这个房间里运玩具啊。他看着一脸茫然的我笑了起来，神情却显得有些悲伤。

（吓到了吧。也是啊，像我这样的老人还会因为被围在玩具堆里而高兴得不行，说起来真是……）

（没有这回事。）我嘴上这么说，心里却并不怎么相信自己说出的这句话。

（因为，兴趣完全是一个人的自由嘛。）

（兴趣……是啊，这确实也是兴趣啊。）

那天，他的解释就只有这样一句话了。

从那时起，“城堡”的大门一直敞开着。

“城堡”不再是个秘密，对于笠原先生来说也有好处。以前，因为担心塑料模型在喷漆上色时会发出气味，招致怀疑，所以他都直接购买成品，从那时起，他便经常带着自己的工具箱组装模型了。

他实在算不上那种心灵手巧的人，即使在我这样的门外汉看来，他组装的战斗机和跑车模型也算不上精巧。不过有一次，他注意到了躲在身后偷偷张望的我，便回过头怯生生地问“怎么样”，我也不好扫他的兴，只好回答说“做得真不错”。

笠原先生听到这句话后开心的表情，我至今也无法忘记。我于是有些明白了，他需要的其实不是“情妇”，而是“母亲”。

这个推测最终借由他说出的一段往事得到了证实。

（我很羡慕我的孙子孙女们啊。当然了，我说的是小时候的他们。）

笠原先生一共有五个孙辈，其中年纪最大的已经上了大学，年纪最小的也已经上了初中。

（这些玩具对于现在的孩子来说已经算不上什么特别的东西了。他们想玩的时候，这些玩具就会为他们准备到位。是时代的关系吧，我还是小孩子的时候，如果能有这样的玩具，那该有多幸福啊。所以，看到现在的孩子们满不在乎地把坏掉的玩具丢掉，我有时会感到憎恶。）

(玩具在以前也是奢侈品啊。)

(以前的人甚至不知道玩具这种东西的存在。)

笠原先生完全没有童年时关于玩乐的记忆。在乡下经营染房的父母起早贪黑地工作，作为家里的长子，笠原先生从懂事开始就起早贪黑地照顾自己的七个弟弟妹妹。

小学毕业时，为了将来继承家业，笠原先生被送到大型染房当学徒。

(那时苦啊，真的。除了辛苦什么都不记得了。天还没亮就要起床打扫店内卫生，一个人用抹布擦完甲板一样的走廊。旁边的三合土地面上排着一排织布机，住在现在的一般人家里，根本没办法想象那地方有多大。光是来来回回把房子里的走廊一处不漏地擦一遍，就能把人累得半死。再加上冬天的水那叫一个冷啊，忍不住流下的眼泪也会被冻住。好不容易干完活儿，吃到的早饭也不过是芋头和南瓜，除了节日，其他时间里几乎吃不上米饭。但那时候觉得可以填饱肚子已经很不错了。收拾完店里的东西，终于躺下的时候，其他人都已经睡着了。我每天都重复着这种的生活，一整年都是这样。以前周日休息的习惯还没有那么普及，在手艺人的世界里更是如此。现在的人恐怕不知道这些事情吧。)

但是，严酷的学徒生活并没有换来任何的回报，甚至学徒这份工作也被时代的浪潮吞噬了。

笠原先生半是被已经没有余力照看学徒的染房赶了出来。回到老家，等待着他的却是父亲的死讯，他死于长期过劳后患上的恶疾。

母亲压根儿就没有出席父亲的葬礼，她抛下自己的八个孩子，和从以前开始就频繁出入他们家，自称生意人的古怪男人私奔而去。

从此行踪不明，生死未卜。

（现在想想，比起刺激，父亲的死对母亲来说可能更意味着一种解脱。父亲是那种性格固执、难以取悦的手艺人，虽说这种性格有好有坏，但做他的老婆一定感受不到什么幸福吧。家里唯一的那台宝贝织机，也在我还没留意到的时候就贱卖掉了，她是有多讨厌染房啊。真是个悲剧。笠原原本就是她的本家，父亲是因为当学徒的时候得到了肯定才入赘到她家，以便继承笠原家的家业的。）

被母亲抛弃时，笠原先生十四岁。从此，母爱再也没有出现在他的生命里。

（但是，我没有精力去恨母亲，也不敢觉得辛苦。底下还有七个弟弟妹妹等着我养活呢，我拼了命地工作，为了有口饭吃，什么都干。）

虽然笠原先生没有细说，但我也能猜到其中有一些和犯罪有关的勾当。

（在我快二十岁的时候，最年长的那个妹妹因为营养不良去世了。比起悲伤，当时的我更感到恐惧，这样下去，弟弟妹妹们可能会一个接一个地死掉。所以，那时的我只有一个念头：赚钱，尽可能多地赚钱。除了钱，我的脑袋里没有别的东西。）

他白手起家，开起了零售店，这家店成了现在他手下连锁卖场的基础，并最终让他成为业界的头号人物。

这么多年来，他毫不理会别人对他时常亲临一线，独断专权的指责，不顾一切地扩张着自己的地盘。停下来时才猛然发现，自己已年过古稀，弟弟妹妹们都在儿孙的注目之中离开了人世。还留在世上的，只有他这个家里的长子了。这时，他就像摆脱了附在身上的鬼魅，把社长的位子让给了女婿，给自己挂了一个会长的头衔。

刚一闲下来，笠原先生就猛然发现自己竟然错过了如此多的乐趣。对儿时想做却不能做之事的渴望涌上了他的心头。打从出生开始他就一直在工作，从没有过像样的玩乐。一次，他忽然想起以前买给小孙儿的玩具，决定要为自己买上一些。

他说他也不知道环绕在身边的玩具能否抚平他的创伤。但是，他很想在死之前拿回那些曾一度失去的东西。

我不知道笠原先生是否察觉到了，只凭玩具是难以抚平他的创伤的，因为现实里没有“母亲”，而“母亲”的存在又是必要的。

意识到这一点的我开始有意识地用严厉的态度对待他，他一到公寓，我就让他先洗漱一番，接着让他在餐桌旁落座，并呈上自己做的各色菜肴。如果不是饭点，我就先泡好茶。总之，我绝不配合他那股急匆匆地想要躲进“城堡”的劲头，只要他的行为举止里有一丝的不耐烦，我就会打断他的玩乐时间——我就是以这种方式扮演着“母亲”的角色。

笠原先生想必也发现这才是自己缺少的东西了吧，被我训斥的时候，他虽然一言不发，但眼中好像总闪现着喜悦的光芒。

当然，“母亲”不总是严厉的，有时也必须展现爱怜的一面。所以，我也悄悄地买了全套的铁道模型送给他。对于之前总觉得玩具值不了几个钱的我来说，这已经是一笔不可小觑的花费了，不过和笠原先生的笑容相比，这就不算什么了。笠原先生不仅得到了模型，而且还不是自己买的，而是作为母亲的我（当然，说到底我用的也是他的钱）送的。一个七尺大汉是有多开心，才会放任自己涕泗横流啊。

那一夜，他第一次留在公寓过夜。他难得地撒起了娇，怎么也不愿回家。我于是展现了“母亲”的慈爱，让他留了下来。

讽刺的是，这是我第一次发自内心地把笠原先生看作一个“男人”。但是，既然我们两个的身份已经是“母亲和孩子”了，这时候再发生肉体关系，就势必会打破好不容易建立起的平衡。我们两个都深知这一点。

所以，直到最后，我和笠原先生也没有结合过。一次也没有。

笠原先生是上个月，也就是二月的时候去世的。他去年就知道了自己的病情，却一直不愿意做手术。

公司主持的葬礼结束后，一位自称律师的男子来到公寓宣读遗嘱，把以我的名义开户的银行存折和印章交给我。根据笠原先生的遗愿，他在公寓里的私人物品都交给我处理。

我完全明白笠原先生的心情。那位律师想必也以为笠原先生的个人物品只是换洗衣物一类的东西。恐怕他做梦都不会想到，这个房间竟然被难以计数的玩具淹没了。当然了，除了律师，笠原先生也不愿让任何一位亲属知道这个秘密——除了我。

我决定只留下笠原先生最为中意的几台汽车模型，剩下的玩具则全部处理掉。就在整理房间的时候，我回想起了那件夹克衫的事。

（宝藏……）

到底是什么呢？

听他说这话时的语气，那应该是样颇为重要的东西。不管笠原先生的意愿如何，都应该尽快把它找出来，和亡人安放在一处才是。这么想着，我剪开了衣服的里衬，却还是没有发现地图的踪迹。

到底是怎么回事?

我开始认认真真地思考这件事。他说起宝藏时，整个人就好像徜徉在梦境之中，所以宝藏应该是实际存在的。说到底，他没有理由对我说谎。

如果是这样的话，那就肯定是这件夹克衫出了什么差错。在这段时间里，发生了一件笠原先生之前没有想到过的事。这件事是什么呢?

比如说，绣有地图的其实是另一件衣服。笠原先生可能从一开始就误认为绣有地图的是我手上的这件夹克，并且把这个错误信息告诉了我。

虽然没有十足的把握，但这个可能性应该是不成立的——斟酌一番之后，我得出了这样的结论。

虽然和我在一起时，笠原先生时常表现得像个孩子。但我知道，他说这话时绝对没有犯糊涂。也许是想在我的公寓里彻底体验童心未泯的感觉吧，他在公寓时从来都是滴酒不沾的。

不管怎么看，他都不像是会把衣服弄混的人。就算他有另一件和这件夹克相似的衣服，我也不觉得他会把另一件衣服和绣有贵重藏宝地图的衣服弄混。

那么，衣服会不会是在笠原先生存放过的某个地方弄混的呢?比如说，在换装准备打高尔夫球的时候，恰好拿错了别人的衣服。

但是，这种可能性也不大。笠原先生喜欢往口袋里装东西，从手帕到文库本，简直应有尽有。即使他真的拿错了别人的衣服，也能马上发现。其实，我检查过那件夹克衫的口袋，找到了一条已经发皱的手帕和五张他的名片。

也就是说，这应该就是他的夹克衫了——正要下此结论的时候，我忽然有了新的想法。

还有另一种情况。如果在他把这些杂七杂八的私人物品装进口袋之前，衣服就被错拿了呢？这种情况就说得通了。

但是，这样一来，他的衣服就不一定是无意间被弄混的——也可能是有人故意想要偷走笠原先生的夹克衫。

这是因为，如果衣服是在口袋空空的状态下被错拿的话，那只可能发生在笠原先生的家里。也就是说，他的家人，或者和他亲近到能自由出入他家的人特地准备了另一件夹克衫来调包。

这么做的目的是什么呢？当然是为了得到绣在夹克衫里的地图。虽然笠原先生说过，所谓“宝藏”并不是什么值钱的东西，但偷夹克衫的人可能误以为是宝石一类的值钱货。

如果真是这样，按照时间推算，“宝藏”应该已经被找到了。找到“宝藏”的小偷一定大失所望，说不定已经把“宝藏”扔得远远的了。

想到这里，我心里一阵难过，却也无能为力。在一阵无力感的驱使下，我把焦茶色的夹克衫放回了衣架。

笠原先生的其他衣服还堆放在衣柜里。因为他在遗嘱里让我保守玩具的秘密，所以即使觉得可惜，我也会把它们都处理掉。但是，我无法带着同样的心情把这些衣服都送到旧衣回收店，不如就先收拾收拾放着好了。不过在那之前，最好把它们送到干洗店——

我恍然大悟，原来还有干洗店这个可能性啊。

把衣服送到干洗店之前，需要把口袋里的私人物品先拿出来。而且，这件夹克衫上没有绣笠原先生的名字。干洗店的店员可能把这件夹克衫和另一件外表相似且同样没有绣上名字的衣服弄混了——虽然我不清楚干洗店是用什么样的系统管理从客人那里拿到的衣服的，但店员也都是人，是人就有可能犯错。

当然了，店员没有弄错的概率要大得多。于是我不抱多少希望地开始了调查。

首先，笠原先生光顾的干洗店是哪一家呢？直接向他的家人打听固然是最简单的办法，但站在我的立场上，却没法不感到胆怯。虽然在笠原先生的葬礼上没有出现发妻和情妇撕破脸皮这样电视剧里常有的画面，我也恭恭敬敬地上了香。但如果我表现得太过亲昵，还是容易招来猜疑。

我在黄页上查了查笠原先生家附近的干洗店，凡事就近也是人之常情嘛。从笠原先生家步行可达的有“乐洁”和“鹤田”两家店。

我觉得两家店里更有可能的是“鹤田”，因为“鹤田”的广告宣传相对多一些。在我的印象里，笠原先生似乎比较信任大品牌。

我拿起话筒，拨通笠原先生家的电话。随即传来“喂”的女声。

这声音好年轻，应该是他的孙女吧。

“啊，抱歉打扰了。我这边是‘鹤田’干洗店，一直承蒙您的关照。”我毫不费力地发出谄媚的声音，这声音连我自己都觉得恶心。“您是笠原小姐吧？”

“我是。”

“是这样的，上个月您送到敝店的裙子已经清洗完毕了，需要我们这边帮您寄回去吗？”

“啊？”太过稚嫩的声线完全藏不住内心的不快。“喂，我说，你在说什么啊？”

“嗯，再和您确认一下，我这边是‘鹤田’干洗店。”

“裙子什么的我一点印象也没有，而且，我们家一直是把衣服送到‘金刚’的啊。”

“啊，是这样啊，那真是抱……”

“歉”字还没来得及说出口，电话就被粗暴地挂掉了。这小女孩真没规矩。但是，看在她提供了意料之外的情报的分上，就原谅她吧。

我再度翻开黄页，上面的信息显示，“金刚”离笠原先生家还有相当的一段距离。故意舍近求远，应该是有什么理由的吧。不过这个时候的我决定暂时不管那么多。

于是，我一边构思着简单的作战计划，一边做着出门的准备，把焦茶色的夹克衫装进纸袋。

“金刚”位于住宅区的一角，兼作住房和店铺，在干洗店中算是规模比较小的。透过门上的玻璃板可以看到，看店的是一个像是刚从高中毕业的年轻女孩。

我又一次回到刚才经过的商店街，在点心店买了一盒有多种口味的高级巧克力，包装妥当，提着它又走回了“金刚”。

自动门打开了。“那个，不好意思……”

“嗯？”

女店员好像意识到我不是一般的客人，硕大的眼珠滴溜溜地转个不停，好像正疑惑着应不应该对我笑。

“百忙之中打扰，实在抱歉。我有一件事情想要请教一下。”我说着从纸袋里取出夹克衫，伸手微微遮住正面，不让里侧露出来。“贵店有没有哪位顾客送来过一件跟这件夹克衫一样的衣服？”

“那个……”也许是以为其间牵扯到了什么麻烦事吧，女孩谨慎起来，“请问是怎么一回事？”

“其实，前几天，我父亲因为心脏病发作……”

“啊。”

“那时，刚好有一位先生开车经过，他就送我父亲去了医院。真是万幸。”

“啊，那真是太好了。”

大概是判断出不是什么麻烦的事了吧，我觉得女孩的警戒心比刚才弱了不少。

“但是，那位先生好像有急事，连名字都没有留下就离开了。我想着一定要好好答谢他，但却没有他的个人信息，唯一的线索就是这件夹克衫了。”

“这是怎么回事？”

“其实，那位先生那天碰巧穿着一件和这个一模一样的夹克衫。对了，我手里的这件衣服是我父亲的，因为两件衣服完全一样，所以我记得很清楚。在开车去医院的途中，我父亲无意中说起自己也有一件同款衣服的事。那位先生说，他特别中意这件衣服，每次都会把它送到‘金刚’干洗店干洗。”

心脏病发作的人还能这么悠闲自在地聊起家常吗？说起衣服的时候，真的不会聊是在哪里买的，而去聊把衣服送到哪个干洗店吗？听罢这一席话，我自己心里都有好几个疑问了。但是，这样的对话也不是不可能发生，人做事全看心情，只要情绪对了，两个人也有可能在车里这样闲聊起来。实际上，女店员似乎也只是为对话里那股唠家常的气息感到疑惑，并没有觉得可疑。

“是这么回事啊。”

我重重地点了一下头，适时地把包装好的巧克力轻轻放到柜台上。

“请一定让我向他当面表达谢意。您知道是哪位客人吗？”

“啊，您这么突然问起来，我也……”

店员一脸困惑。想想也对，如果笠原先生的夹克衫真是在这里被错拿的，那也是今年的一月二十日之前——很有可能是去年的事了。就算是常客的衣服，怕是也记不住的吧。

女店员说了声“稍等”，返身走到里间，再回来时，身边多了位四十岁左右、戴眼镜的中年男人，应该就是这里的店长了。

我向他复述了一遍刚才的故事，又上前一步，笃定地强调道：“我想那位先生一定会再把那件夹克衫送到贵店的。如果见到那位先生，能请您联系我吗？给贵店添麻烦了，但我和父亲真的很想当面感谢他。父亲现在的身体状况不是很好，如果不能再见恩人一面，对他也是个不小的遗憾。总之就拜托您了。”

面对男性，我能毫无顾忌地哭出来。听起来像是在自夸，不过在哭这件事上，我还是颇有些自信的。

于是，店长模样的男人说了一句“虽然不能向您保证什么，不过您说的情况，我会留意的”，算是答应了我的请求。

我又反复叮嘱了几遍，请他们在拿同样夹克衫的人出现时第一时间和我联系。如果不这么做的话，我这个谎就撒不下去了。

我一次又一次地低头鞠躬，出生以来，我还从没以如此谦恭的姿态和人打过交道。我带来的那件夹克衫，也以“样本”的名义留在了店里。

虽然这么做无异于赌博，但总比什么都不做要好吧。

说实在话，我对寻人一事并不抱什么希望。所以当“金刚”在大约三周后联系我时，我着实吓了一跳。好快。我一直以为，就算有什么线索，也要等上几个月才会有消息。

具体情况在电话里说不清楚，于是我马上飞奔到“金刚”。一进门，我就先把谢礼交到了店长的手上。谢礼会让我安下心来，如果在这样的小事情上克克扣扣的话，之后不知道会招来什么样的报应。这是我的人生哲学。

面对我的一片好意，店长还是先伸手挡住了信封，表示不能接受。我反复解释这是为给他们添麻烦而做出的补偿，并半把信封塞到了他手里，他的动作顿时软了下来，接受了这份好意。

“昨天有一位客人带来了这件衣服。”

他接着展示的是一件简直和我手上那件一模一样的焦茶色夹克衫。一想到里面可能缝着那幅关系重大的地图，我就很想直接把它拿走。当然了，我没有这么做，只是请店长把我存放在店里的夹克衫还给我。

“嗯，是这样的。”店长拿着传票一样小票的手忽然停在空中，“……这件事，还请您务必帮我们保密。”

泄露客人的隐私果然还是店家的大忌。我当场表示绝对不会把“金刚”供出去，这才拿到了那张小票。物品信息“夹克衫一件”是打印的，上面客人的姓名“长濑”和电话号码则是手写的。

我迅速记下电话号码，飞奔到电话亭翻阅起电话簿，很快找到了电话号码对应的那位“长濑”。他的全名是“长濑友春”。

友春——是纯粹的偶然吗，这个名字让我胸口一阵发紧。笠原先生的名字也是“友春”，虽然不知道读法是不是一样，但如果对方是男性的话，多半也是读作“TOMOHARU”[①]吧。

总之，我决定先去电话簿上的地址看看。

这位姓长濑的客人的地址是一幢名为“伊尔公寓”的五层楼房，我看了看信箱，二〇一室的名牌上写着“长濑”。

思考了一会儿要不要编个借口上门之后，我暂时放弃了这个想法。毕竟那件可能内有乾坤的夹克衫现在并不在那个房间里。只要长濑还没从“金刚”取回衣服，我就没必要上门。

在那之前，我决定先好好观察一番，看看这位“长濑友春”是怎样的一个人。

长濑友春看上去二十岁左右，也许还在上学。说起来，从他平常的活动里，也完全看不出他有什么正经工作。

长濑总是在早上十一点左右走出伊尔公寓的二〇一室。

像是刚起床不久，他这时的头发总是乱糟糟的。他的那张脸本来就没怎么特点，再加上总是一副没睡醒的样子。所以和他擦身而过的人，下一秒钟大概就会把他的长相忘得一干二净。

长濑出门后，一般会先走进商店街上的荞麦面店。我装作用餐的客人，也跟着他进了面店，发现他每次点的都是葱花鸭肉汤面。

他的下一个目的地是附近的书店。他完全没有在书架前逗留的

①译者注：“友春”这个名字有“TOMOHARU”和“YUHARU”两种读法，男性常用“TOMOHARU”的读法。

习惯，只看书名就选出几本文库本和新书[①]，走向收银台。

离开书店后，他又顺着坡道走下河岸，躺倒在刚抽芽的樱树下，开始专心阅读刚才购入的书。

一到傍晚，他就会忽然起身走向繁华的街区，然后有如时钟般精确地在五点钟准时踏入一间名为“花茶屋”的小餐厅。

随后他便一直在那里喝酒，十点钟左右返回伊尔公寓。

他每天的生活大概就是这样了。在我监视他的一周里，他每天的日程几乎一模一样，没有任何变动。除了下雨的时候，河岸边的阅读会改为在公寓内进行（虽然没有亲眼看到，但我想应该是这样的）。

大概是休了学的学生吧。看样子他没有在打工，应该是有钱人家的孩子。伊尔公寓是新建的住宅，外观相当时尚，房租大概也是笔不小的开支。

那么，我要怎么从他手里拿到那件夹克衫呢？

正面出击不失为一种选择。可以试着编个可信的理由，让他把夹克衫让给我。

但是，如果交涉过程中稍有不慎，对方就可能觉察到夹克衫里藏着什么秘密。这样一来，他肯定不会轻易放手，说不定还会坐地起价，那可就麻烦了。我就是看不惯最近年轻人的这一点。不过，我也才刚过三十，和我口中的年轻人差不了几岁。但正因如此，我才更加懂得现在年轻人无视商品价值，只想通通买到手的恶劣习性。

我放弃了这个想法，换了种思路——趁长濑不注意迅速把两件

---

①译者注：日本图书的两种不同开本。一般来说，新书开本较大，定价较高；文库本开本较小，定价较低。

夹克调包——这应该是最理想的方法了吧。因为，笠原先生的宝藏很有可能是玩具一类的东西，那么我就担负着帮他保守秘密的责任了。所以，正面出击并不是上策，因为长濑可能会在交涉时察觉到笠原先生的秘密。

如果能在长濑出门的时候偷偷潜入伊尔公寓就好了，但是他总是把钥匙带在身上，也没有往楼下的邮箱里放备用钥匙的习惯。当然了，我也没有那种只用一根铁丝就能打开门锁的技术。

这样一来，就只好主动接触长濑，再想办法堂堂正正地进入他家了。我以此为计划，开始做各种准备。

首先，为了不让他察觉夹克衫被掉过包，我先把手上内面裂开的夹克衫送到裁缝店重新缝好。

接着，我有必要去和长濑混个脸熟。我装作偶然路过的样子，向躺在樱树下读书的他问路。河岸边散步和跑步的人不少，不必担心他会觉得奇怪。

"不好意思，您知道笠原商场的安槻分店怎么走吗？"

特意说出笠原先生的店名并不完全是因为感伤，笠原商场的安槻分店位于繁华的街区，从河岸走过去的路线颇为复杂。我希望长濑能在讲解路线的过程中尽可能地对我这张脸留下印象。

"是笠原……吗？"

长濑合上读到一半的文库本，有些为难地挠挠头发。看来他正绞尽脑汁地思考高效说明这条复杂路线的方法。

"啊，如果您不清楚的话，也没关系的。"

"不是不是。"我作势要走开时，他慌忙叫住了我，"知道是知道的……嗯，不介意的话，我陪你走过去吧。"

作为男人，他大概不想错过被我这种美女搭讪的机会吧。对于他的提议，我虽然一点也不觉得意外，但还是让身体微微抖动了一下，接着说："这样太麻烦了，实在过意不去……"

"没关系，反正我很闲。"

长濑拍拍沾在裤子上的土，开始爬上河堤。

"那里，"我暗自窃喜，跟在他身后，"离这里远吗？"

"走路的话，嗯，大概二十分钟左右吧。"

"唔，让您陪我走过去，真的没关系吗？"

"我刚好也需要运动一下。"

我上前一步，和他并排走在一起。这才发现长濑的身高和我差不多，在男生里应该算是小个子了。

"冒昧问一下。"我开始不动声色地打探他的信息，"您是学生吗？"

"不是，我已经毕业了。不过正如您所见，即使是今天这样的工作日，我也是到处闲逛。"

"也就是说，您现在没在工作？"

"也就是凑合着打点零工。"

打工？说谎！——我心里已经忍不住吐槽了。我这段时间可是一直盯着你啊。打工？在哪里？什么时候？男人啊，真是爱贪慕些无聊的虚荣。

"那还真是自在啊。"

"唔，是这样的吗？"

我原本以为长濑也会问起我的情况，但直到走到繁华街区，他也什么都没问。

“那就是笠原商店。”

“是那里啊。”我看了看他手指的建筑，随即鞠了一躬，“实在是非常感谢。”

“不用客气。我说……”

就在我要转身离开的时候，长濑第一次露出了疑惑的表情。

“冒昧了，我想请问一下，您……”大概是想问我的名字或是电话号码，正搜肠刮肚地找词儿呢吧。叹了口气后，他的肩膀垮了下来。“抱歉，没什么。那么我先走了。”

说完长濑就走向混杂的人群之中，随即消失了。是害羞了吧，他的性格还挺内向的。

总之，这样就达到了混个脸熟的目的。接下来只要等他从“金刚”那里取回夹克衫就行了。因为已经露过脸了，所以之后再监视他时，我戴上眼镜、扎起头发，做了轻微的变装。

三天后，在荞麦面店吃完饭的长濑没有走向书店，而是步行去了“金刚”。

从店里出来的他漫不经心地提着一个衣架，衣架上用塑料衣袋包着的果然就是那件焦茶色的夹克衫。

回到公寓后，我先恢复了原来的装扮，再把内侧已经缝好的夹克衫塞进包里。这天傍晚五点刚过，我就出发前往“花茶屋”。

进店一看，刚开始营业的店里只有长濑一个人，这正中我的下怀。

哪里都看不到那件夹克衫，看来他已经回过一次伊尔公寓了，这也在我的预料之中。

“哎呀，晚上好。上次真是麻烦您了，谢谢。”我盯着坐在柜台的他，“啊，不记得了吗？前几天您带我去了‘笠原’啊——”

长濑像是呆住了。看来他不是记不起我的这张脸，而是正纳闷为什么会在这种地方和我偶遇。

“真巧啊，介意我坐下吗？”

没等他点头，我就势坐在了他旁边的位子上。对于我来说，这么做看上去是因为他之前帮助过我。如果店里人声鼎沸倒还另当别论，像这样没有几个客人的时候，如果我特意挑了一个远离他的座位，不是显得我太冷淡了吗？

接下来就是不断劝酒，消除他的警惕心理了。能在这里相遇真是种说不清楚的缘分啊，虽说不能当成上次的谢礼，不过这顿的酒钱就由我来付吧——我准备好了这么一套说辞。

长濑沉浸在我的热情里，完全上钩了。他每天都光顾，想必本来就不讨厌喝酒吧，我一个劲儿地劝酒，他就一杯接一杯地喝干。我满脸堆笑，也装出喝多了的样子，随意地换换翘起的腿。天气明明很冷，我却特意穿了一条超短裙。为了让男人卸下防备，最好适当地露露腿。

应该是平时的节奏被打乱，早早就喝多了吧。七点刚过，长濑就已经一脸倦意了。

“嗯，那个，我差不多该回去了。”

“哎，还能喝的吧。真正的夜晚这才刚开始呢。对了，要不去哪里唱唱歌？”

“不了，我啊天生五音不全。”

“哎哎，你住在哪里啊？是一个人住吗？”

“嗯。算是吧。”

“平时好好打扫了吗？”

“嗯。偶尔吧。”

“真的吗？你长得可不像会好好打扫的人啊。这样吧，让姐姐去帮你检查一下。”

“欸？”

“再到你家里喝嘛，喝嘛喝嘛喝嘛。”我的态度近乎胡搅蛮缠，硬是跟着他到了伊尔公寓。长濑虽然口齿不清地试着拒绝，但我干脆装醉，整个人靠在他身上，一句话也不说了。

二〇一室比我想象得还要整洁。某种程度上，“整洁”这个词已经不足以用来描述这个房子了。

房子是三居室，处处散发出一股和这个自称打工的人不符的豪华气息。客厅的摆设一看就是高级货。窗帘的花纹虽然朴素，但价格应该相当不菲。电视是我只在商品目录上见过的最新型号。装饰画虽然只是复制品，但仍能反映主人出众的品位。看上去这里不像是私人的住宅，倒像是雅致的沙龙会所。看来长濑真是某个大户人家的公子。

夹克衫放在哪里了呢？一般来说，应该是放进衣柜里了吧，但突然提出想看看他的卧室，未免也太唐突了些。

“哎，你的肚子还饿着呢吧？只顾着喝酒，都没有正经吃什么东西吧？”我一副把这里当自己家的样子，快步走进厨房，“我给你做点什么吧？我看看啊——”

我打开冰箱，向后轻轻一仰。目力所及，什么食材也没有，取而代之的则是堆得满满的罐装啤酒。

“不好意思。”长濑一脸抱歉的样子，挠了挠头，“我在这里从没有自己做过饭，所以……”

算了，对我来说反倒更省事儿呢。我从柜子里并排放着的洋酒里拿出看上去最贵的一瓶苏格兰威士忌，自顾自地喝了起来。为了让事情朝我计划的方向发展，我最好在可爱中夹杂一点厚脸皮。

“哎——”我看准时机，用有些苦闷的声音喊他，“我觉得有点恶心。”

“欸？”

“应该是喝多了。”

“那，那个。”他不知所措地慢慢起身，“你没事吧？”

“不好意思，能让我躺下来吗？”

“请吧。”

他说着就想把我领到沙发。

“这里好冷啊。”客厅的暖气其实很足，但我还是不肯躺下，“把你的床借我一会儿嘛。”

我就这样顺利地进入了他的卧室。当然了，我不动声色地把包也拿了进去。

卧室对于一个人来说同样显得过于豪华，双人床大得简直能在上面游泳。一想到住这房间的是一个正经工作都没有的黄毛小子，我就气不打一处来。

我瞥了一眼衣柜，靠到长濑的耳边说：“喂。”

“怎，怎么了？”

“你能稍微离开会儿吗？我想把衣服脱了。”

“啊，好的好的。”

“不许偷看哦。”

“你、你请便。”

门关上了。确认长濑已经走远之后，我急忙走近衣柜。打开一看，里面挂满了名牌货。真是好鞍找不着好马啊，长濑这家伙和帅气一点都沾不上边。我监视的这段时间里，他的穿着打扮都是土里土气的。不过这种事无所谓啦。焦茶色的夹克衫放在——

有了。我把它从衣架上取下来，再把包里的那一件换上去，在外面套上塑料衣袋，轻手轻脚地又把衣柜的门合上了。

成功了。接下来只要从这里出去就行了。只不过，直到现在，主动示好的都是我这一方，突然说要走的话多少都会显得不自然。为了不节外生枝，惹来长濑的怀疑，最简单的方法就是在这里过夜。但是，我已经迫不及待地想要看到那张地图了。

就没有什么完美的借口吗？我陷入了思考，就在这时，我无意间瞥见了柜子上的相框。

看着照片里长濑身旁和他同龄的女生，我惊呆了。或者说，我陷入了短时间的失措状态。她那闪闪发光的美貌是一般的十八线小明星比都不能比的。我绝不是谦虚的人，但那一刻单纯地觉得，输了。她就是美到了这种程度。如果照片上只有她一个人，我或许会以为这是长濑喜欢的演员或者模特儿。但照片里的她挽着整整比她矮上一头的长濑的手臂，毫不在意地靠在他身上，不管怎么看，这两个人的关系都相当亲密。

这张照片对我的冲击太大了，我怎么也不相信这是长濑的女朋友，但要说这是他的姐姐或妹妹，两人长得又一点都不像。我认真地思考起来，等回过神来，已经过了好一阵子。不管了不管了，不过这倒可以成为一个好借口。这样想着，我拿起包，走出了卧室。

“唔。”长濑走了过来，“感觉怎么样，还好吗？”

“我回去了。”

“这样啊。”原本以为他会惊慌失措，没想到他只是轻轻点了点头，“那么，路上小心。对了，要不要帮你叫个车？”

“被你女朋友知道了可不好，我还是先走了”这样的理由完全没有派上用场，真是扫兴。

“没事，不用了。那我先走了。”

“啊，抱歉，请留步。”他叫住正打算穿鞋的我，“请把那个包里的东西放下再走。”

我大概原地呆滞了整整十秒。

“……你说什么？”

“那个包里有件东西不是你的……”长濑颇为困扰地挠着头，“当然这是我的想法。如果弄错的话，我向你道歉。”

“你当然弄错了。请不要说这种奇怪的话。”

“但是，如果你把它拿走了。我会很为难的。”

“为什么啊？”

为了不让你为难，我已经另放了一件到衣柜里了哦——我差点一不留神说漏了嘴。

“为什么？因为那不是我的东西啊。”

“……你说什么？”

“那是长濑先生托我保管的东西。所以，如果被你拿走的话，我会很为难的。”

“等等。”我差点没听清他说的话，“长濑先生托你保管的？这是什么意思？”

“因为这里是长濑先生的房子啊。”

“你……不是长濑友春？”

“哎？啊，原来我没说过吗？”他摸摸下巴，显得有些局促，“我是在这里帮忙看家的？”

“看家？”

“不过，说看房子好像也不太准确。因为长濑先生已经不在人世了。”

“你说的是谁啊？”是酒劲上来了吧，我有些失态了，“你到底说的是谁啊？”

“长濑先生——或者应该说是笠原先生，这样你就懂了吧。这里是前几天刚刚过世的笠原集团会长笠原友春先生的房子。”

皮包从我手里滑落。

“该怎么说好呢，这里算是笠原先生的‘秘密基地’，连他家里人都不知道这个地方。只有在这里的时候，他才会使用‘长濑’这个姓氏，‘长濑’好像是他父亲的旧姓。”

说起来。笠原先生曾经告诉我，他父亲是入赘到笠原家的。

“所以，这个房子里的家具、衣服等都是笠原先生的东西。所以，如果你把那件夹克衫带走的话，我真的会很为难的。”

“为什么……”内心极度混乱的我呆立在原地，等回过神来，才发现刚才自己一直盯着他把包捡起来，“为什么你会知道我的包里装着这件夹克衫？难道你偷偷翻过了吗？”

“不，我只不过是瞎猜的。其实，我觉得你从今晚见到我的时候起，就一直很在意这个包。你看上去，怎么说呢，给我一种落落大方的印象——”

“什么意思？”

“如果有什么地方冒犯了你，我先向你道歉。总之，不管走到哪里都要拿上包这种神经质的举动和你给我的印象完全不符。如果只是用来装化妆品和钱包，这个包未免也太大了些。所以我猜想准备这么一个包是不是另有什么目的。我刚才也说过，我是在这里帮忙看家的，所以如果有什么东西被偷的话，我会很为难。说起来很不好意思，从你进门开始，我就一直留着个心眼。然后你果然进了房间。所以我在想，你会不会是编了一个身体不舒服的借口，想借机拿走一样你觉得应该被放在卧室的东西。”

“但是你为什么会知道我想拿的是夹克衫呢？”

“因为我是在把它从干洗店拿回来的那一天遇到你的。”

“但是只凭这一点，应该不能断定我的目标就是夹克衫啊？”

“所以我才说是瞎猜的嘛。”

“这到底是怎么回事啊？”他越解释我反而越糊涂了。“为什么他——我是说笠原先生，要拜托你帮他看家啊？”

“详细的情况我也不太清楚。”

“可是你应该知道原因啊。因为你现在可是以这个房子主人的身份住在这里的啊。”

“这也是笠原先生的指示。他让我代替他暂时在这里小住一阵子，住在这里的时候，对外都以长濑的名义处理各种事务。”

“都以长濑的名义……比如说，把衣服送到干洗店的时候？”

“没错。对了，他还嘱咐我要把柜子里的衣服送到干洗店，而且一定要送到‘金刚’。”

这些指示也太奇怪了。不过，这时的我还没能回过神来思考这些明显含有深意的信息。

“我知道的就只有这些了。”

“你说的一阵子，大概是多久？他拜托你在这里住多久啊？”

“没有具体的期限。不过只要资金到位，我就会继续住下去。”

“资金？”

“具体地说，就是这里的房租和各种开销，还有我的生活费，这些资金都由笠原先生提供，钱会定期打到我的银行户头。所以，只要资金到位，我就会继续留在这里帮他看家。”

“这笔钱大概有多少？”

“说是笔巨款也不为过吧。别人是怎么看的我不清楚，但大概够我用四五年了吧。现在这笔钱才用了不到两个月，还相当富余——”

“你……也就是说，这四五年内你都打算以长濑友春的名义住在这里吗？你是真心要做这种傻事吗？”

“唔。反正……我很闲啊。”

“你说得倒是轻巧啊。”

“还有，虽然事后才会兑现，笠原先生说除了经费之外还有别的谢礼，这样我就只好接下这份工作了。不过，经你这么一说我才发现，这份工好像确实有点长啊。”

原来他是真的在打工，没有说谎啊。我有些佩服他了，同时又觉得自己真是蠢到家了。

“但也不全是因为这个，我还很好奇。接下这份工作时我曾经问过，这样奇妙的委托到底是什么意思呢？笠原先生回答说‘资金用完之前，可能会有事情发生，到时你就明白了’。所以，前几天你向我搭讪说出‘笠原商场’这个地方时，我就在想，这会不会就是笠原先生说的那件事情。”

“你把我搞糊涂了。你说的话我一句都听不懂。说起来，你到底是何方神圣？和笠原先生又是什么关系？”

“关系吗？嗯，硬是要定义的话，大概是酒友的关系吧。”

“酒友？”他接连说出让人出其不意的话。“你说你们是酒友？你？和他？”

“我们是在刚才的‘花茶屋’认识的。那里虽然不起眼，但在一些食客中相当有人气。没有写到菜单上，一天只供应三份的鲭鱼寿司简直是极品。为了吃上这道菜，笠原先生也会偷偷地跑到那里去。”

不过，仔细想想，笠原先生竟然很适合和这样的黄毛小子推杯换盏。说起来，这家伙年纪虽然不大，但身上有一股和年龄不符的达观气质，显得颇为老成。

“我们一周会见上一两次。大概是新年刚过的时候吧，他约我谈了一次话，说自己得了癌症，恐怕将不久于人世了。他想让我在电视上看到他的死讯后，帮他做刚刚我跟你解释过的那件事。他应该是知道我没有固定职业，整天闲着没事干，才会找上我的吧。”

新年刚过——那就是笠原先生告诉我夹克衫地图这件事的时候吧，我心不在焉地回忆着。

与此同时，我意识到，笠原先生把夹克落在我房里这件事本身就是计划的一部分。因为他穿着那件夹克到我那里的日子是今年的一月二十日，那时天气还很冷，外套里面不可能不穿上衣，所以只能理解为他是有意这么做的。不过，为什么呢……

为什么要这么做？

“……不好意思。”我一边走回客厅一边说，“我能再喝一点儿吗？”

“当然，不过冰箱里只有那些啤酒是我的。”

“这是怎么回事？到底是什么意思啊？笠原先生到底为什么要把地图——”

“地图？什么地图？”

我坐到沙发上，小口呷着苏格兰威士忌。借着这股劲，我一股脑地把夹克衫里缝着地图的事，还有我和笠原先生的关系都告诉了他。

“原来是这样啊。”

“这样是哪样啊？”

“总之，先看看这幅地图怎么样？”他从厨房拿来了剪刀。

“听了你的说明，我觉得即使没有别人在场，你一个人也有浏览这份地图的权利。”

不知不觉间，泪水涌上了我的眼眶。我不明白为什么会这样，我只知道，如果这话是从别人嘴里说出来的话，听起来大概只是在讽刺。

我从包里取出夹克衫，拿过剪刀沿着内侧的缝线剪开。几个用纱线拼成、棱角分明的文字出现在眼前。

长濑　厨房　收纳箱

“与其说是地图，不如说是藏宝信息啊。应该是指这里厨房里的收纳箱吧。平时倒是没怎么打开过。”

姓名不详的青年打开洗碗池下的橱柜，开始搜索起来，但却什么也没找到。他过来搬了把椅子，爬到上面，又开始检查顶层橱柜的收纳箱。

“是这个吧。”他终于发现了什么，从椅子上下来了，“这是你的名字吗？”

他递过来的信封表面写的确实是我的名字。我展开里面的便签，笠原先生熟悉的笔迹随即映入眼帘。

你能读到这封信，也就说明你和他的关系已经相当亲密了。或者说，你们至少已经彼此熟识了。

抱歉，我耍了一些小心思。但是，我无法不记挂着你。即使在我死后，我也希望你能得到幸福。

当然了，这都要看你的意愿。不过我想你也看到了，他是个淳朴的青年。如果你也有意，我相信他会让你幸福的。我虽然老了，但看人的眼光还是很准的。

永别了。

友春

我一时不知道自己是该哭还是该笑。

“所以……”我一下泄了气，把便签递给了眼前的年轻人，“什么啊，所以笠原先生是为了给我介绍男人，才搞出这么一出的？故意暗示我地图的存在，当我找不到那件备用夹克衫里的地图时，就会想到可能是在干洗店搞混的，进而拼命地想要把被错拿的夹克衫拿回来。这一切都在他的预料之中。”

“不是这么回事。”

年轻人的语气还是那么平淡，以至于我过了一会儿才意识到，他是在否定我的看法。

“……为什么？”

“如果笠原先生真的想给你介绍男人的话，何不在他活着的时候直接介绍？我认为他没必要兜这么大一个圈子。”

“那我就不知道了。也许他觉得这样更浪漫，更有戏剧性呢？或者，他觉得如果直接把你介绍给我的话，我会当场拒绝。”

“如果是这样的话，就更不会留下这样的便签了。如果真的想让整件事更有戏剧性，好让你对我产生兴趣的话，最后就更不会留下这种把自己要的小心思都写得清清楚楚的证据了。”

他说得没错。如果笠原先生真有那个意思，就不会在第二件夹克衫里留下任何有效信息，这样我和这个年轻人的关系才可能有进一步的发展。

“那……这是什么意思呢？”

“我觉得作为这封信的收件人，你更应该想想这其中的含义。”

“都这时候了，你就别卖关子了。”

“我不是在卖关子。笠原先生一定很希望你能理解他的心意，所以才会费尽心思设下这个局。如果我的推测是对的，那让别人告诉你这其中的含义，不就违背了笠原先生的本意了吗？”

“但是，我是真的不明白啊。”

“不要着急，先好好地睡上一觉吧。冷静下来思考的话，一定会明白的。”

“现在这样哪里睡得着啊。”仔细想想，他的推测也不一定是对的。但我就这么接受了他的说法。“说说你的想法吧，就当是给我一点提示。”

“提示吗？”年轻人歪了歪头，“嗯。我虽然对笠原先生的个人经历不是很了解，但在我的想象中，他以前应该曾经有过被某人抛弃的经历吧？”

“什么意思？”

“我只是有这种感觉罢了。而且可能是被关系非常亲密的女性抛弃的。”

没错，他曾经被抛弃过。在他还是个少年的时候，母亲和一个古怪的男人私奔，抛弃了他。也就是说——

他担心父亲去世后的遭遇会在他身上重演，担心自己死后也会被人抛弃——而且这个人不是别人，正是我。

“我……就这么不受信任吗？”

“欸？啊，看来你的理解和我的不太一样啊。”

“不一样？但是，这个提示还能怎么理解啊？他之所以设下这个局，不就是想让我能在心里为他留一个位置吗？在我不顾一切地追查这件夹克衫的下落的时候，怎么都不至于完全把他这个人忘掉吧？这就是他的权宜之计。换句话说，他其实非常不安，他觉得如果不这么做的话，自己很快就会被我忘掉。在他眼里，我就这么冷漠无情，甚至在他尸骨未寒的时候就会投入另一个男人的怀里吗？”

“可能就是这么回事。”他仍旧干脆地点了点头，“但是，你的这番话可能只是还活着的人的特权。对于将死的人来说，对他人的信赖会被将来的孤独和寂寞抵消，自己也会变得没底气。我这么为他解释，也算是还活着的人应尽的义务吧。”

“口气倒是不小。那你又是怎么理解的？”

“能不能往干洗店这个方向考虑，对于笠原先生来说，其实是一个很微妙的赌注。花上一大笔钱让我在这里看家，这个计划虽然目光长远，但到头来还是可能落得一场空。不对，计划落空的可能性要更高才对。既然都是赌，为什么要选择这样一个没什么胜算的赌注呢？虽然你确实顺着笠原先生的设想找到了第二件夹克衫，但不能只看到这个结果。如果他真的期待你能为了他东奔西跑、一通忙活的话，你不觉得他应该留下些更清楚的信息吗？”

“可是……”

“请站在死者的角度上思考一下吧。当然了，我也没有死过，可能没有资格这么说。我认同你刚才的说法，他一定发自内心地希望自己能被记住，不要那么快地被遗忘。但是，如果他爱你，那么，他也一定不想把自己的这个愿望强加于你。”

他爱着我……

这句话搅动了我的心绪，膝盖开始打战，坐也坐不住了，我从沙发上站了起来。

“他之所以这么做，是因为你面前还有几十年的人生。在这么长的时间里，要让你一直在心里为他留一个位置，到底有些不太现实。总有一天，你会把他忘掉。不，应该说你必须把他忘掉。他就是明白这一点，才选择不把自己的那个愿望强加于你。但是，作为将死之人，不想让自己被遗忘，不想让自己被抛弃的愿望又太过强烈，难以抑制。他的感性和理性做着激烈的斗争，最后得出的折中方案，就是那件夹克衫了。”

“感性和理性的……折中方案。”

“刚才我也说过，你在发现第一件夹克衫里没有地图之后，是很难接着往干洗店这个方向考虑的。所以，他是希望你能在这个阶段就放弃对地图的搜寻，也忘记他这个人。请原谅我的啰唆，他一开始的愿望是自己能被忘记。但不幸的是，他已是将死之人。而且，他过去曾有过被至爱的人抛弃的痛苦经历。这种旁人难以感同身受的精神压力折磨着他，促使他在踏上黄泉路之前必须做点什么。所以，他才上了这道‘保险’，也就是第二件夹克衫。你意识到这第二件夹克衫的存在的可能性虽小，但毕竟不是完全没有。凭着这道‘保险’，笠原先生得到了人生中最后的安宁。这绝对不是什么把期待强加到你身上的权宜之计。证据就是，地图是在这个房子里找到的。”

“这说明什么？”

“笠原先生事先无法预测你会用什么方法把地图拿到手。说不定你会直接让我把夹克衫让给你呢。”

“是这样没错。”

“但是，重点是找到地图之后的事。如果宝藏藏在长濑的房子，也就是这里的厨房收纳箱的话。那你要不就会对我坦白一切，求我帮忙；要不就像刚才一样，想尽办法潜入这里。你明白这意味着什么吗？”

“意味着什么？”

“意味着这样一个结论：如果没有我的存在，你就找不到那封信。反过来说，他希望你在发现地图的时候就放弃寻宝，不希望你找到那封信。这才是他真实的想法。信里那些词不达意的话就是证据。”

“词不达意？真的是这样吗？说不定他真的觉得你和我很配呢。”

“我刚才已经解释过了。如果是这样的话，他应该在生前就把我介绍给你。为什么不按着字面意思理解这封信？你不觉得，这封信太像是场面话了吗？”

总感觉他的说明渐渐失去了逻辑，但是他一直说个不停，完全不给我反驳的余地。

“你一开始就很清楚，所谓的宝藏并没有经济上的价值。至少，你在追查夹克衫下落的时候，是知道这一点的吧？”

“这倒没错。”

“但是，你却还是想方设法地想要找到第二件夹克衫。这是为什么呢？”

“为什么？什么……为什么？”

“追查第二件夹克衫的时候，你完全有可能遇到危险。比如说，如果我是个强奸犯的话，你怎么办？”

“但是……”我本想嘲笑他说“以你的体格，要当强奸犯恐怕还不够格”，但最后还是放弃了。

“但是，他怎么会让这么危险的人住在自己的房子里呢？”

“现在你倒是可以这么说。但是，你一开始根本不知道这里是笠原先生的地方，完全有可能遇险。你应该很清楚这一点才对。但是，你却还是想尽办法进了这个门。你觉得这到底是为什么呢？不，我觉得你没必要回答这个问题了。这跟笠原先生为什么要在死前求得内心的安宁是同一个道理。问这个问题完全是多此一举，答案不是已经很清楚了吗？你说是吧？”

是的，我心想，随即坦率地点了点头。这个举动连我自己都感到惊讶。

笠原先生希望我忘记他，与此同时又希望我不要忘记他——听起来矛盾，却都是他真实的心情。

你是他的“代理人”对吧——这样一句话突然涌上我的心头。那么，你就代替一次也没抱过我的他，抱一抱我吧；就代替一句情话都没有说过的他，说一句情话吧——我看着眼前的年轻人，却只把话说了个开头。那张照片里和年轻人并肩站在一起的女子的形象，占据了我的脑际。

眼泪不由自主地涌出眼眶。

已经太迟了……

太迟了。

笠原先生已经死了。

已经不在了，哪里都找不到他了。

直到现在，这种“笠原先生不在了”的真实感才让我浑身颤抖，呜咽不已。

三天后，我才猛然意识到自己忘了问年轻人的名字。

我再次登门造访伊尔公寓，二〇一室的住户却已经搬走了。我试着去了荞麦面店、河岸的樱树旁和“花茶屋”，但都没有发现他的身影。

但是，一周后，我在报纸上看到了这样的报道。

——死者的善意？

从上周开始，县内的多处福利机构陆续收到署名“笠原友春”的善款，数额均达到数百万日元。

然而，笠原先生本人已经辞世，其家属和律师均表示对此事毫不知情。笠原先生生前曾担任因笠原商场而闻名的笠原集团会长。今年二月，因胰脏癌引起的心力衰竭逝世。又及，有知情人士称，收到善款的福利机构中，包括有笠原先生及其弟、妹在家庭困难时曾经投靠过的机构，目前这一说法尚未得到证实。

夜空的彼岸

“如何啊，学长？”由起子一边恶作剧般地笑着，一边举起看上去比自己的头还大的玻璃杯，“终于踏入社会的感觉怎么样？”

“怎么样？”祐辅擦去嘴边的白沫，微微耸了耸肩，“我这学期中途才正式就任，当老师还不到一个月，还没什么真实感啊。而且，老实说，我现在还不是正式的老师，只是以讲师的身份在那里工作啦。”

“但是，你身上已经开始散发出一种完全属于成年人的气息了哦。”由起子手肘支着桌子，探身把祐辅衬衣套装上的领带抓在手里，“原本鸡窝一样的头发也梳齐了，连胡子拉碴这一点都改掉了。”

“舅妈屡次三番地告诫我，邋邋遢遢的最招女孩子嫌弃了。”

“还有啊，我就是在梦里，也没见过学长穿着牛仔裤以外的裤子。”

“什么啊。衬衫套装什么的大学的时候也偶尔会穿的吧。”

“真的吗？一点印象都没有啊。再加上你把头巾摘掉了，看上去完全就是另一个人嘛。”

“靠着家里的关系，好不容易就要得到心仪的工作了，可不能在这个时候暴露本性，露出马脚啊。话说回来，小兔你最近又怎么样，还是没有找到工作吗？”

“哼，等等，不要把我和学长你混为一谈啦。”小兔，也就是羽迫由起子那张直到现在进入酒吧时都会被要求出示身份证明的娃娃脸一下涨得通红，“我现在是研究生啦。”

“还是和以前一样在啃老嘛。差不多差不多。”

“谁都可以这么说，但是有着‘牢名主’之称，一直在留级和休学的交替之间度过大学时代的学长真的有资格这么说吗？”

“但是，像这样……”祐辅顺手把喝空的杯子放到桌子上，神情严肃地观察着周围的环境。已经暗下来的这个酒店天台上，聚集着很多刚下班的上班族。“和小兔两个人单独出来喝酒的机会，不常有啊。”

“是啊。大学的时候真是很少有。那个时候总是大家一起出来聚会，一起吵吵闹闹的嘛。”

“对了，匠仔呢？”祐辅随口说出了学生时代友人的昵称，“今天为什么没来？那家伙明明只要听到‘酒’字就会马上扔下手头的事情飞奔过来的。”

“咦，你没听说吗？匠仔现在正在去东京的路上。”

“什么？”学长双眼圆睁，嘴里叼着的烟掉了下来，“那，难道说？”

“对，去了她那里。”

“匠仔？去了高千那儿？”祐辅带着些许的困惑，又说出了一个学生时代友人的昵称，“也就是说，他们两个马上会在东京组建……”

“嗯？学长，你是不是误会了啊。匠仔可没有搬过去哦，他只是去东京玩而已啦。”

“匠仔？去东京？玩？”

“怎么了嘛。”祐辅像听到了噪音似的举起双手捂住了自己的耳朵。由起子见状，双手抓起自己的辫子，故意滑稽地模仿着祐辅的姿势。“用得着这么大惊小怪吗？”

“说那家伙是年纪轻轻的老人也好，不谙世情的呆子也好，闲人也好。总之，匠仔这种怎么看都不食人间烟火的人，居然会到东京那样的大城市去玩。这种想法本身就已经够让我吃惊的了。说起来，那个家伙从出生起真的走出过安槻吗？”

“这个我是不知道啦，不过匠仔这次是去和高千见面的哦。之前一直是高千在放假的时候过来，这次匠仔去东京，好像也是高千的提议。”

“就算是这样，也太罕见了。匠仔和东京，怎么说呢，实在是太不搭了。”

“这么说可就太过分了。”

“那家伙肯定连换乘电车都不会，说不定会因为分不清山手线和京滨东北线的区别，直接买票坐回这里呢。不对，下了地铁之后，那家伙肯定找不到出口，就这样永远地被困在地底下。”

“怎么可能嘛。没问题的啦，高千会陪在他身边的啊。”

“前提得是能见到高千吧。虽然不知道他们约在哪里见面，但是匠仔是不是真的能顺利地到达那里，谁都没办法打包票。”

“原来如此。”由起子吹起白色的泡沫，哧哧笑了起来，“确实很让人担心啊。”

“对吧。不管怎么说，那可是匠仔啊。”

“嗯，那可是匠仔啊。”

“然后，那个要怎么办？”

“那个，是指什么？”

“就是住的地方啊。那家伙难不成要住到高千那里吗？”

“很奇怪吗，我觉得匠仔一定会住到高千那儿的啊。”

“那可不行。那不成了孤男寡女共处一室了吗……”

“嗯？”

“不管两个人再怎么情投意合，在这个阶段如果不把握好分寸的话……”

“别逗了，学长。经常把握不好分寸的人我看就是你吧。今天怎么老说些不像是你会说出来的话啊。”

“虽说如此，但我这种人就是会认真对待自己认准了的原则啊。不管怎么说，我现在好歹也在一所讲规范、重传统的女校里任教哦。”

“这样啊。也有道理啦。”

“举个例子，就算我自己觉得高中生谈谈恋爱很正常。但如果知道自己的学生要去男朋友家里过夜，我总不可能放任不管吧。”

“为人师表也真是不容易啊，学长。心里明明对学生的做法没有异议，却还是不得不说出一堆训人的话。”

“喂，也不是完全没有异议啦。不过也差不多吧。”祐辅抓起掉在桌子上的烟，叹了口气，“舅妈那个时候和我说什么‘国文科突然需要一名老师，你就当自己是眼下能找到的唯一候补人选，轻轻松松上阵就好了'，我也就带着愉快的心情把活儿接下来了，谁知道进去一看……"

"以前经常听到传言说，这所学校聚集了不少权贵人家的大小姐呢。真的有这么严格吗？"

"怎么说好呢。不过啊，这所学校到现在还保留着礼仪课哦。"

"嗬。"

"在那种思想保守、头脑固化的地方，我真的干得下去吗？"祐辅把烟点着，吸上几口后，又重重地叹了一口气，"那两个家伙也是啊。"

"那两个家伙？"

"高千和匠仔啦。"

"啊，又回到刚才的话题了吗？"

"那两个人到底打算把现在的状态持续到什么时候啊。"

"现在的状态，指的是异地恋吗？谁知道呢。"

"这样真的好吗？"

"你问我也没用啊。他们两个自然有自己的想法啊，对吧？"

"干脆结婚不就好了，还是说他们两个都不想被婚姻这种形式束缚？小兔，你和他们聊过这些吗？"

"我听到的说法是，虽然时间还不确定，但他们将来有一天可能会结婚，不过也有可能不结婚。"

"这是谁说的？"

"两个人都是这么说的，他们的想法完全一致。"

"你是分别和他们两个聊的？"

"嗯。所以，即使听起来模棱两可，他们两个心里大概对这个问题都有答案了。”

“唔。”

“说起来，他们还说了一件有趣的事。”

“什么有趣的事？”

“高千和匠仔约定好了，不管两人变老后住在哪里，都要互相照顾。”

“什么啊，”祐辅停下不停往嘴里放炸薯条的手，“也就是说，他们两个不久之后还是会结婚的吧。”

“在他们两个的认识里，结婚和在晚年时互相照顾不是一回事。”

“完全不明白。干吗非要把话说得这么绕啊。”

“你跟我抱怨个什么劲儿啊。既然这么在意，学长你自己去找他们问清楚不就好了。”

“总之，”吃炸薯条吃得兴起的祐辅不慎咬到了自己的手指，不禁皱了皱眉，“总之，他们两个不是已经因为异地恋遇到麻烦了吗？”

“高千在东京找到了工作，这也是没办法的事嘛。”

“我想说的就是这个。为什么她不选择在安槻工作呢，像她这么优秀的人，还不是想做什么就……”

“那是因为她预料到这么做很难过得了家里人那一关吧。”

“之前提到过的那位父亲吗？”

“对，那位父亲。”

“那位父亲这么可怕啊，连高千都要为他考虑这么多。”

“我没见过他本人，所以也不好说什么。但是，我有种感觉，与其说高千在意的是她父亲，倒不如说她在意的是家里的其他人。当然了，她不打算对父亲言听计从，但她同时也明白直接顶撞父亲并不是上策。你不觉得有人在帮高千出主意，不让她和她父亲的矛盾激化，从而找到更好的解决问题的办法吗？”

“帮高千出主意？谁啊？”

“当然是匠仔啦。”

“这么说，他是高千的军师？”

“除了匠仔之外，高千还会对谁的话照单全收，而且这么上心吗？”

“嗯，说得也是啊。”

“匠仔对她的影响很大，这一点我是很确定的。比如说思考问题的方式什么的。因为，如果是以前的高千的话，即使毕业后不回去，无视父亲和其他家人的意见就这么在安槻定居的话，也一点都不奇怪吧？”

“确实如此。”

“但是，匠仔却断定这种处理方式很糟糕。如果因为采用了这种方式造成高千家庭的决裂，长远看来，对高千的家人和高千本人都没有好处。于是，他劝高千不要这样做，高千也接受了，所以她才会离开安槻。”

祐辅一副欲言又止的表情，把已经喝干的玻璃杯又拿到手上。像是不想让小兔看到自己的表情，他别过脸，起身为啤酒续杯。看着他的背影，由起子叹了口气。

“虽说如此，”待祐辅重新坐定后，小兔捡起了刚才的话头，“让高千回去工作这个主意更糟糕。她回去的这段时间里，说不定什么时候就可能被她父亲的后援会拉拢过去了啊。”

“你说的是那个吧。慢慢地继承父亲的家业，当个二代议员什么的。真的有这种事吗？”

“至少后援会那些人一个个的都是这种想法，而且看上去都已经跃跃欲试了。”

“也不是没有可能啦。”祐辅抛下一句有些自暴自弃的话，一口气喝干了第二杯啤酒，“毕竟那家伙看上去就很有领袖气质嘛。”

“不过，高千自然是没有这个想法的。留在安槻也不行，回家也不行，能让双方都勉强满意的折中方案就是到东京工作了吧。虽然她本人没有细说，但我想大概就是这么回事。”

“进入那样的一流企业工作竟然是折中方案吗？好厉害啊。”

“嗯，还真是。啊，”由起子也总算喝完了这晚的第一杯啤酒，“学长，还要再来一杯吗？”

“啊，那就拜托了。”由起子拿着两个空杯起身。趁着她离开的间隙，祐辅脱掉了外套，松了松领带，百无聊赖地打量着灯下的其他客人和窗外建筑物之间隐约可见的夜景。

“久等啦。”

“谢啦。”

“我说，学长。”

“什么？”

“你今晚意外地有些惆怅啊。”

“是嘛，可能吧。等小兔也踏入社会就会明白啦。”

“会遇到这样那样的麻烦事吗？”

“嗯，这样那样的麻烦事。”

祐辅把又一支烟放到嘴里，仍旧没有马上点着，而是放任它在嘴边不停晃动。

“真冷清啊。”

“嗯？”

“高千就先不提了，可是现在连匠仔都不在了。”

“这也是没办法的事嘛。人生这么长，大家总会在某个时候分道扬镳的吧。”

“学长。”

“什么？”

“有什么烦心事你就说嘛。”

“啊？烦心事？我才没有什么烦心事呢。”

“比如说，关于高千。”

“高千，怎么了？”

“现在想到她还会有点不开心吧。”

对话突然出现了瞬间的中断。祐辅本来想一笑置之的，但又好像觉得这样不够干脆，便不好意思地点了点头：“也不能说没有吧。只是不想让人觉得我这个人扭扭捏捏的。”

“你别管我的想法，自己怎么想的就怎么说不就好了。这样才是学长嘛。”

“是啊，我就是照直说的。但是，聊到这个的时候不知道为什么总觉得有点别扭。”

“聊起高千的时候？”

“是匠仔那家伙。如果他现在还坐在这里悠闲地跟我们喝酒的话，我肯定会气得不行。”

由起子点点头表示赞同。

“我在心里肯定会说，还在这里磨磨蹭蹭的，赶紧收拾收拾去东京啊。而且还不能像这次一样只是跑到东京玩一趟。反正也没有找到这边的工作，一身轻松，赶紧把自己的住民票[①]迁到那边啊。难道放心看着高千一个人在东京吗？不知道为什么，我特别替他着急，明明这些事都不是我应该考虑的。哈哈。”祐辅露出自嘲式笑容，把杯子举到嘴边，却一口都没有喝，随即又把杯子放下，“真是丢人啊。”

“学长想说的是不是‘如果匠仔你再不表明心意，那我就要把高千抢走了哦’。”

“可能吧。”由起子直截了当的提问反倒让祐辅也变得直接了，他苦笑一声，“抱歉抱歉，说了一堆无聊的话。很烦人吧，不说了不说了。我们也好久没见了，多喝几杯吧。”

“啊，对了。”由起子突然转变了语气，换了一个新话题，“刚才学长说过，你现在工作的地方是丘阳女子学园对吧？”

“嗯。”正在嘴里扒拉炒面的祐辅抬起头，擦了擦嘴，“对，怎么了？”

“学长，”由起子指了指自己的嘴唇，做出擦拭的动作，提醒祐辅擦掉嘴唇上的污渍，“你们学校里有没有一位姓关伽井的数学老师？”

“啊，”祐辅擦去沾在嘴角的海苔，点了点头，“有的，是位年轻老师吧。刚过三十，虽然我和他没怎么说过话，但听他说过他最近刚刚结婚。说起来，”祐辅看着周围，“结婚宴会是不是就是在这里办的啊。因为是我入职前的事了，所以我也不是很清楚。”

---

①译者注：当代日本户籍分为“本籍地”和“住民票”两个部分。“本籍地”相当于我国的“籍贯”，而“住民票”上的地址显示的是公民现在的确切住址，即人身在何方。

“其实，这位关伽井老师的婚礼和宴会，我也去了哦。”

“喔？”

“他的妻子里美刚好是我亲戚。”

“没想到我们的朋友圈竟然是这么联系上的，世界真小啊。”

“这位关伽井老师给人的感觉是怎么样的啊。”

“怎么样？”祐辅一边吃起毛豆，一边把头歪向一侧，“我也刚进学校不久，还不是很清楚他的为人。只听说他是在这里出生长大的，从海圣学园毕业后，就进了关西有名的私立学校。”

“海圣？所以他应该是学者型的人吧？”

“看上去脑袋确实很好使，但不是那种死板的人。给人的印象大概是一位爽朗的青年吧。”

“我听说他还担任吹奏乐部的指导老师，是吗？”

“说起来，他好像提到过自己当学生时学了很久的音乐。但他不是吹奏乐部的指导老师哦，指导老师是一位姓三枝的女老师，关伽井老师好像只是辅助这位三枝老师而已。”

“看来他对教育也挺上心的嘛。”

“关伽井老师吗？嗯，他挺照顾学生的。吹奏乐部里的大部分学生用的都是学校的乐器，不过偶尔也会有学生希望自己购入乐器。但是，买全新的乐器是笔不小的开支。所以常有学生拜托关伽井老师想办法，关伽井老师也是不惜劳力，甚至动用自己的私人关系，帮部员们寻找愿意转让自己二手乐器的人。”

“吹奏乐部的话，那应该就是管乐对吧。木管乐器、铜管乐器之类的，真的有这么贵吗？”

“各种价位都有吧，便宜的找找应该也不少。如果要买贵的，也可以贵得没边儿。记得有一次，我放学后经过学校的廊庭，见到一个正在练习竖笛的女孩子，就走过去半是打趣地问她笛子的价钱。她说出来的数字把我吓了一跳，那可是我半年的工资啊。”

“咦。”

“而且她还说，这还不是最高级的竖笛哦。乐器的学问可深了，说起来也算是工艺品的一种。”

“如果自己买的话，大多都会选择二手的吧，毕竟父母那一关可不好过。”

“是啊，初中生或者高中生光靠自己的钱是买不了的。所以，关伽井老师怎么了吗？”

“不知道他的新婚生活怎么样，顺不顺利呢？”

“啊？这种事我怎么知道。我本来和他就不是很熟，就我在学校的所见所闻，觉得他现在的生活应该也没什么特别的。等等，不对，这么说起来……”

“发生了什么事对吧？”

“应该是上周吧，他的老婆，是叫里美对吧。她到学校来了，申请要和校长见面。”

“哦？”

“学校职员以校长公务繁忙为由婉拒了。她就不停地问校长什么时候有空，缠着职员提前预约会面的时间。听到消息的关伽井老师飞奔到办公室，夫妻俩好像还争执了一会儿，不过最后，关伽井老师好像还是说服了妻子，让她先回去了。说是骚动可能有些夸张，不过确实发生了这么一件事。”

“里美为什么要见校长呢？”

“我也不知道啊。其他的老师都兴致勃勃地在议论，说可能是新婚不久，小夫妻之间发生了什么小摩擦吧。”

“夫妻俩吵架了？”

“就算是夫妻俩吵架了吧，但是那位里美小姐却直接去找校长，这不是很奇怪吗？我听说里美小姐和丘阳学园并没有什么直接的联系，也不认识校长本人。她到底来学校做什么呢？还是说她是那种不按套路出牌，会因为夫妻间的争吵失去理智，直接找老公的上司兴师问罪的人啊？”

“我觉得不是这样的哦。虽然我最近和她没什么交流，但也不能把话说死。嗯，是这样啊。果然是因为那件事吧。”

“哪件事？”

“其实，关伽井老师和里美在这里办婚礼的那天，招待宴会进行到一半时发生了一件奇怪的事。”

“奇怪的事？”

“不过，我没有亲眼看到，听到的传言又真的只像是传言。你愿意就这么听听看吗？”

“嗯。”

“婚礼在这个酒店的小教堂举行，早上十一点开始，大概在正午时分结束。一个小时的间歇过后，招待宴会于下午一点钟开始，地点是二楼的宴会厅。”

“想必丘阳学园有很多老师都被邀请了吧？”

“不只是老师，还来了很多学生。”

“哎？”

“到处都能看到穿着丘阳学园校服的女生。那个时候我还不知道，后来一问，原来受邀的都是吹奏乐部的部员，她们过来主要负责整理会场和接待客人。”

“学生都跑过来帮忙了，看来他平时真的挺照顾学生的啊。”

“宴会开始之后，新郎一方留守在前台的是丘阳学园的两位学生，新娘一方则是里美的两位朋友，一共四个人。”

“因为也有人会在宴会开始后才赶到，对吧。”

“宴会开始大约二十分钟后，五位穿着丘阳学园校服的女生来到了前台，她们都是吹奏乐部的部员，之前也提到过，她们都是过来帮忙的。她们对前台的四个人这么说道：‘新郎那边的家属拜托我们过来拿到现在为止收到的所有礼金袋。’”

“喂喂。”

“面对这样的要求，前台的四人也觉得有些可疑。但五位部员回答说，新郎那边的家属突然说想要调查客人的一些情况，所以拜托自己把礼金袋拿过去，其他情况自己一概不知。”

“不管怎么说，这也太可疑了。”

“冷静下来思考一番的话，确实会得出这样的结论。但是不管怎样，对于前台的两名学生来说，这些人都是自己的同窗。里美的两位朋友也知道这些都是新郎的学生。所以那五个人便有了可乘之机。”

“所以，他们五个人拿到礼金袋了？全部？”

“对。五个人拿着礼金袋往电梯间的方向离开了。前台的四人由此推测她们是要搭电梯去休息室，就没有再怀疑。”

“但是，那五个人就这样消失了，再也没回来？”

“不，五个人好好地回来了。”

“啊？回来了啊？”

“大约十到十五分钟后，五个人回来了，而且还带着所有的礼金袋。只不过和刚才稍微有点不一样。”

“哪里不一样？”

“礼金袋被分成了两拨。一拨还是原先的状态，另一拨袋子上的纸绳却都被解开了。”

“袋子上的纸绳被解开了，那也就是说……”

“前台的四人马上发觉事情不对劲，要求五人组做出解释。五人组回答说，新郎的亲戚要求用纸绳做标记，把两拨礼金袋分开保管。”

“但是她们却没有被告知这么做的理由，对吧？”

“正是如此。前台的四人还是不能接受这样的说法，就翻看了一下纸绳被解开的那一拨礼金袋，然后……”

“里面是空的？”

“不，纸钞还好端端地装在里面。”

“啊？什么啊这是。那我就不明白了，所以这不是礼金袋失窃事件吗？”

“失窃了哦。”

“你不是说钞票好端端地装在里面吗？”

“我按顺序说吧。当场检查完礼金袋，确定钞票还好端端装在里面的前台四人组放下心来，但她们偏偏忘记了一件事。正是她们忘记的这件事，后来惹出了大麻烦。”

“什么事？”

“那些纸绳被解开的礼金袋里的钱果然还是被偷了。”

“要你回答这么多次真是抱歉，不过，刚才我不是已经跟你确认过了吗？你说了钞票是好端端地装在那些袋子里面的。”

“袋子里的钞票没有全部被拿走，每个袋子里都至少留下了一张钞票。所以，失窃事件没有当场被发现。但是后来一调查……”

“纸绳被解开的礼金袋都有钞票被拿走了？这种事要怎么调查啊？袋子里装有多少钱只有客人自己知道吧，难不成要一个个地去找客人确认？”

“当然不是。礼金袋里一般会放着一个信封，信封的内面有两个空格，供客人填写姓名和礼金数量。他们是比对了客人填写的数量和实际的礼金数量，才发现不对劲的。纸绳被解开的礼金袋的礼金数量都对不上。”

“每一个都对不上吗？”

“对，信封上写着五万日元的礼金袋里实际上只找到三万日元，写着三万日元的袋子里却只发现了一万日元。大致是这样的情况。”

“纸绳被解开的礼金袋一共有多少个啊？”

“具体数目我也不清楚，不过大概有二三十个吧。对了，被盗走的礼金合计共六十七万日元。”

“六十七万啊。”祐辅的表情有些困惑，“真是个不上不下的数目。”

“当然了，客人里也可能有人犯迷糊，少放了礼金。但是，总不可能同时有二三十人犯下这种错误吧。”

“嗯，不可能。应该是有谁把钱偷走了。”

“新郎那边的亲戚则完全否认了被列为嫌疑人的五人组的说法，他们没有一个人记得曾经提出过把礼金袋拿到休息室这样古怪的要求。”

“按照一般的思路，应该就是那五个人干的吧，这也太可疑了。”

“虽然案情已经很明朗了，但是亲戚们最后还是决定不把事情闹大。当然了，不想让这样的小插曲破坏婚礼的气氛也是人之常情嘛。不过倒是关伽井老师本人强烈希望停止调查，让这件事就此作罢。”

“这是当然，他是不愿意看到自己可爱的学生们被怀疑吧。”

“那五个人好像都是平日里关伽井老师特别关照的学生。刚才也提到过，买乐器的时候，关伽井老师还当过她们的介绍人。”

“如果偏偏是这几位把钱偷走了的话，那真是不知道让人说什么好。等等，也就是说，关伽井老师的妻子里美到丘阳学园里闹的这一出……”

“关伽井老师虽然想大事化小，里美却不答应。她大概是想直接向校长投诉丘阳的学生，请校长务必详细调查、妥善处理吧。”

“所以关伽井老师才跑过去阻止了里美，毕竟这可关系到学生们的名誉啊。”

“但是，我觉得事情没有这么简单。”

“怎么说？”

“故事到这里才说了一半。”

“还有后续吗？”

“直到现在为止我说的事情都是听来的。不过，我看到了哦。不对，准确地说应该是，我没有看到。”

“什么啊，啰里啰唆的。看来受匠仔影响的不只是高千，小兔，我看你也一样。”

“咦，是吗？”

“是啦。你到底看到什么了？”

“其实，招待宴会进行期间，我人不在会场里。”

“中途离开去了别的什么地方？”

“本来是不打算这么做的，但是和我坐在同一桌的新郎的姐姐们一个个的都是大烟枪。如果只是烟味的话，因为被学长你熏惯了，我好歹也能忍受。偏偏祸不单行，她们身上都抹了大量味道奇怪的香水。这么刺激的香气和焦油味混在一起，该怎么说呢，我觉得我再待一秒就要窒息了。宴会开始十分钟后，我终于忍不下去，悄悄地从紧急出口逃了出去。和我坐在同一桌的表姐也因为受不了这股味道跟在我后面出了会场。外面的大厅里虽然空无一人，但还好有椅子，我们就坐在椅子上聊起了天，大概聊了有一个小时吧。”

“这可真是，”祐辅苦笑一声，把还没点燃的香烟收进了口袋里，“一场灾难啊。”

“能不能受得了烟味，和谁在抽还是有很大关系的啦。不过，接下来发生的事才是关键。如果从前台出发，搭电梯到新郎亲戚休息室所在的客人休息区的话，就一定会从坐在大厅的我和我表姐面前经过。”

“没有其他到达客人休息区的方式了吗？”

“大厅的另一侧有楼梯，不过我们先不考虑这种情况。因为前台的四个人的证词是，五人组是朝电梯间的方向走去的。”

“嗯，小兔你们两个到达大厅的时间是一点十分。五人组从前台拿走礼金袋，走向电梯间的时间是一点二十分。然后，算上解开纸绳的时间，再次把礼金袋还回前台的时间，大约在十五分钟后的一点三十五分。原来是这样。”

“我和表姐一直在那里聊到两点多。如果前台四人的证言属实，我们就一定会目击到五人组往返于前台和休息区之间的行动。”

“但是，你们实际上没有看到她们吧？”

“在我们聊天的那一个小时里，没有一个人横穿过整个大厅。确实，聊到兴起时可能会看漏那么一两个人。但如果是五名穿着校服的女生成群结队地经过我们面前的话，我们不可能错过。”

“确实不可能。那到底是怎么一回事呢？会不会根本就没有来拿礼金袋的五人组，是前台的四个人在说谎呢？”

“但是，我听别人说起过。一点二十分左右，酒店的一位工作人员正好在前台附近整理会场，据说他那时正好看见了穿着校服的五人组。但是，这之后五人组是不是往电梯间的方向移动，他就不得而知了。”

“也就是说，要考虑两种可能性。一种是，五人组没有搭电梯，而是走楼梯到了新郎亲戚的休息室。”

“如果是这样的话，前台的四个人为什么要说五人组是往电梯间的方向离开了呢？她们为什么要说谎？”

“因为实际上五人组和前台的四个人一直待在一起，这是第二种可能性。五人组可能根本就没有去休息室，那么，她们去了哪里呢？她们哪儿也没去，一直待在前台，礼金袋的纸绳也是在前台解开的。”

“如果是这样的话，那么拿走六十七万现金的就是包括前台四人在内的九个人。大家都是一伙的，对吧。”

“就是这样。”

“七名学生是一伙的好像还可以理解，连里美的两位朋友也加入了。这么一来……”

“唔。”

“到底是什么样的利害关系能让大家这么团结啊？”

“确实，和风险相比，收获可以说是不值一提。就算偷走了六十七万，九个人平分的话，每个人只能分到七八万。对于高中生来说可能是笔不小的收入，但是还不至于要串通一气，通过这种方式来得到。还有，既然都是偷，为什么不干脆多偷点呢？我从一开始就不明白为什么要至少在每个袋子里留下一张钞票。”

“如果被发现有几个空的礼金袋，那些一直待在前台的同伴也可能会受到怀疑，所以必须小心不让事情败露。这个理由怎么样？”

“为什么要这么做，直接连袋子一起拿走不是更简单吗？当然，如果一一对照客人的名单，礼金袋消失的事情可能会露出破绽，但是这么做至少比特意揭开礼金袋上的纸绳要安全得多吧？”

“也不能这么说。如果一次性拿走三十个礼金袋的话，就算不对照客人名单，也会很快就败露的。”

“说得也是啊。嗯，所以这件事的关键还是，为什么在把袋子还回去的时候，要特意解开袋子上的纸绳。”

“简直和发票一模一样。”

“嗯？”祐辅抬起头，“发票？什么意思？”

“这种礼金袋失窃事件发生之后，只要案犯还没落网，一般说来是无法知道具体的被盗金额的吧？”

“嗯，确实如此。”

“但是这一次，被盗金额却非常清楚。这是因为，案犯下手的方式让人能很快了解哪些礼金袋被动了手脚，每个礼金袋各被拿走了多少钱。他简直像是留下了明确的账目信息，告诉大家自己从每个礼金袋里进账了多少钱一样。”

“账目信息吗？啊，好像真是这样。”

“只是突发奇想而已啦。”

“不，这或许正是解开谜团的钥匙哦。小兔，你想想，肯定也有没在礼金袋的信封背面写上礼金金额的客人吧？”

“啊，没错，的确是这样。”

“也许有一些礼金袋里放的是那种背面没有空格的信封。总之，客人里总有那么一两个没有在空格上填上金额。不过，顺着刚才的话说，纸绳被解开的礼金袋里的信封背面应该都写上了金额吧？”

“好像是的。难道说，偷走礼金袋的人是故意挑了这些写有金额的袋子吗？”

“正是如此。刚才也说过了，这样做是为了让受害者清楚地知道自己被偷了多少钱，也就是说，包含有账目信息的意思。”

“但是，犯人为什么要故意留下这样的信息呢？”

“唔，”祐辅再次从口袋里取出刚才那支烟放到嘴里，依旧没有点着，和刚才一样放任它在嘴边晃动，“关伽井老师和他的亲戚知不知道那五个人其实没有往电梯间的方向离开，或者说没有前往新郎亲戚的休息室？”

“大概不知道吧。这件事只有我和我表姐知道，因为拿不准这件事的影响，所以还没有对任何人说过。”

“也就是说，前台的四个人现在一点儿都没有被怀疑，成为众矢之的的是丘阳学园的五人组咯？”

“现在的情况就是这样的。”

“假设，不只是那五个人，前台的四个人也是偷窃团伙的成员。

那么现在这种只有五人组受到怀疑的情况，自然也在她们的意料之中咯。”

“这样一来——”

“这样一来，留下的信息就不只是账目信息了，简直像在告诉受害者是谁偷走了他们的钱。”

“现在这种五人组被怀疑的局面，也是她们故意设计出来的吗？”

“除此之外没有别的可能。如果她们九个都是一伙的，那就应该设计一个让每个人都不被怀疑的犯案手法。但她们却反而选择强调其中五个人的嫌疑。只能解释为这是她们故意留下的信息。”

“信息……”

“对了，这个信息是留给谁的呢？”

“留给谁的……”

“就是被盗金额和小偷身份的信息啊，这些信息到底是留给谁的呢？”

“当然是留给受害者的吧。”

“肯定是留给某一个人的吧。是关伽井老师吗？还是里美呢？”

“嗯？非得是留给他们其中的一个，不能是同时留给他们两个人吗？”

“我觉得这个信息不可能是同时留给他们两个人的。”

“为什么？”

“你看看礼金袋失窃事件的影响不就知道了？”

“什么影响？”

“丘阳学园五人组的所作所为等于在告诉别人礼金是她们偷的。她们之所以敢这么做，不就是因为确信自己不会被指控吗？又或者，即使自己被人指控偷了礼金，也不会陷入麻烦。她们的所作所为给人的感觉就是这样吧。”

“你是想说，她们从一开始就期待关伽井老师会包庇自己，采取息事宁人的态度，不把事情闹大吗？”

“应该就是这么回事。但问题是，就算抱有这样的期待，真的有必要把事情做到这个份上吗？故意把礼金袋上的纸绳解开，又明确地告诉受害者被盗的金额。只是把钱拿走不就好了？”

“嗯，没错。”

“但是，她们却留下了明确的犯罪信息。我觉得，她们是想通过这一点声明自己行为的正当性。”

“正当性？”

“从这里开始只是我的想象，说是胡思乱想也不为过。”祐辅以这句话作为开场白，“把别人通过不正当的手段从自己手里夺走的钱拿回来，五人组的信息表达的就是这个意思吧。”

“从自己手里夺走的钱？”

“按照这个思路，就可以解释为什么前台的四个人明明是同伙，但却只把五人组推到嫌疑人的位置上了。她们想通过强调这五个人的身份让受害者明白这五个人也是曾经的受害者。也就是说，她们抓住了那个人的痛处，即通过不正当手段掠取金钱的往事。所以这个受害者才那么害怕失窃事件被发现，也害怕五人组被指控。因为如果她们被警察抓去教育的话，这个受害者自己做过的那些丑事也会大白于天下。”

“等一下。按照学长的说法，就是得先有关伽井老师通过不正当手段从五人组那里掠取金钱的这个因，才会结出五人组抱团报复，拿回属于自己的六十七万日元的这个果，对吧？”

“没错。正因为这样，所以前台的四个人也协助了她们。”

“关伽井老师到底做了什么呢？从五个人那里拿了六十七万，平均从每个人那里拿了十万以上。对于高中生来说，这可是一笔不小的数目。怎么样才能从学生那里拿到这么多钱呢？趁着新年发压岁钱的时候恐吓学生吗？”

“不，还有更聪明的办法。这还是我不负责任的猜想，关伽井老师是不是暗地里做着倒卖乐器一类的买卖啊。”

“乐器吗……”

“刚才不是提到过吗，有些吹奏乐部的学生不想用学校的乐器，而想自己购置。这种时候，关伽井老师不辞辛劳，甚至动用自己的私人关系为学生们跑上跑下。”

“啊！”

“要在里面搞些猫腻还是很容易的。比如说，如果出让乐器的人的要价是三十万的话，关伽井老师就对希望购买乐器的学生，也就是他保护的对象们说对方的要价是四十万。”

“然后悄悄地把这十万的差价揣到自己口袋里。”

“没错。虽然不知道学生们是通过什么方式知道他背地里干着这样恶心人的勾当的，但她们显然不打算吃这个哑巴亏。她们查明了自己被骗的金额，动脑筋把原本属于自己的钱拿了回来。这就是礼金袋失窃事件的真相……”祐辅挠挠脸，拿起杯子把表面已经没有泡沫的啤酒喝干，“我的意思是事情的真相可能是这样的，证据我是一点儿也没有，只是单纯的猜测而已。”

“但是，学长，你说的可能就是事件的真相哦。因为这样一来，里美的两位朋友参与到这个报复计划里的动机也就清楚了，她们大概是不想让里美和这样的男人结婚吧。”

“原来如此。明明为人师表，却为了蝇头小利辜负了学生们的信赖。和这样的家伙生活在一起，想必也不会得到幸福吧。这确实可能是她们协助五人组的动机。”

“而且，里美的两个朋友对她的性格想必也是知根知底吧。如果在自己的婚礼上发生了礼金袋失窃事件，即使嫌疑人是丈夫的学生，她也绝对会追查到底的。她们会不会连这一步都考虑到了呢？”

“还有一种可能。关伽井老师现在虽然暂时稳住了里美的情绪，但总会有失控的那一天。到时，里美一定会动用各种手段检举五人组，这样，关伽井老师做过的丑事就会大白于天下。她们九个人的目的也就达到了。”

“总之，她们想尽快在里美的周边引起一场骚动啊。”

“也许吧。五人组甚至还会因为留下了犯罪信息而感到满足，把钱偷偷地还回去呢。当然了，真实情况我不清楚，这些都只是我的猜测。”

“看吧，学长不也是这样吗？”

“嗯？”

“只顾着说我和高千，学长自己不也被匠仔天马行空的联想癖好影响了吗？”

“咦，是……是吗？”

“是啦。最后的总结部分，说出‘这些都是我的猜测’时的学长简直和匠仔一模一样。”

“哎，这种事无所谓啦。”香烟在祐辅反复摆弄的时候折成了两段，他把烟点着，表情有些狼狈，“不过，总感觉有些关心过度了啊。”

“啊？什么意思？”

“我说的是里美那两位留在前台的朋友啦。她们为朋友担心的心情我也能理解，因为和那样的男人一起生活实在让人不放心。不过，周围的人一有机会就策划着让两个人分手，我不认为是值得……”

祐辅突然打住话头，掐灭了刚刚点着的烟。

“怎么了，学长？”

“没有……我在想，我也不好对别人的做法指手画脚。”祐辅苦笑一声，抬头望着夜空，“往远了想，高千离开安槻可能是对她最好的选择了。但偏偏是匠仔给她提的建议。心情有些复杂啊，虽说我也明白匠仔是顶着多大的压力才说出这个建议的，但还是忍不住……”

“……我明白。”由起子探出身子，轻轻地敲着祐辅的指甲，“我也这么想过，觉得他们两个现在这样真的没问题吗？反正也是一身轻，匠仔直接就这样到东京定居不就好了。现在还常常会这么想，有时真想把他一脚踢飞。”

“不过，说到底这些对他们两个来说都只是多余的关心吧。高千离开安槻之后，真的会觉得寂寞的可不是我们啊。”

由起子鼻头一紧，昏暗的灯光下，她的眼中闪现着泪光。

“抱歉抱歉，又在说这些让人烦心的话了。”祐辅伸手拿过外套，“我们换个地方喝吧？刚领到了第一个月的工资，我请客。”

“真的？”由起子站起身，笑着用小指揉揉眼窝，“哇，好开心。要去哪里啊？”

两个人搭电梯到一楼，离开了酒店。

“现在这个时候……”

由起子突然停下脚步，抬头望向夜空。此刻，繁星满天。

“怎么了，小兔？”

“我在想，现在这个时候，那两个人会不会也在东京的某个地方喝酒呢。”

“当然啦。”祐辅也从刚才落寞的情绪中恢复过来，望向夜空，“高千还会把平常藏在心里的牢骚通通发泄到匠仔身上，匠仔就会在一边认认真真地听。”

由起子想象着这个画面，笑得直不起腰来，祐辅也跟着大笑起来。两个人就这么笑着，肩并着肩，融入夜色下的人群中。

Original Japanese edition published by Gentosha Publishing Inc.

This Simplified Chinese edition is published by arrangement with Gentosha Publishing Inc., Tokyo in care of Tuttle-Mori Agency, Inc., Tokyo through Beijing Daheng Harmony Translation Service Company Ltd., Beijing

图书在版编目（CIP）数据

黑贵妇／（日）西泽保彦著；林国立译．—北京：新星出版社，2017.10

ISBN 978-7-5133-2815-9

Ⅰ.①黑… Ⅱ.①西… ②林… Ⅲ.①短篇小说－小说集－日本－现代 Ⅳ.①I313.45

中国版本图书馆CIP数据核字（2017）第209574号

午夜文库
谢刚 主持

黑贵妇

（日）西泽保彦 著；林国立 译

责任编辑：王　怡
特约编辑：王　萌
责任印制：李珊珊
装帧设计：冷暖儿

出版发行：新星出版社
出 版 人：马汝军
社　　址：北京市西城区车公庄大街丙3号楼　100044
网　　址：www.newstarpress.com
电　　话：010-88310888
传　　真：010-65270449
法律顾问：北京市岳成律师事务所

读者服务：010-88310800　service@newstarpress.com
邮购地址：北京市西城区车公庄大街丙3号楼　100044

印　　刷：北京市松源印刷有限公司
开　　本：910mm×1230mm　1/32
印　　张：7.75
字　　数：100千字
版　　次：2017年10月第一版　2018年4月第二次印刷
书　　号：ISBN 978-7-5133-2815-9
定　　价：35.00元